www.tredition.de

AF177499

JOHN DOE

***

QUO VADIS ORBIS?

I. Genug ist genug

www.tredition.de

© 2018 John Doe

Verlag und Druck: tredition GmbH, Hamburg

ISBN
Paperback: 978-3-7469-0177-0
Hardcover: 978-3-7469-0178-7
e-Book: 978-3-7469-0179-4

Für meine Mädchen… sorry.

Vorwort

Was soll uns dieses Buch sagen? Was hat sich der Autor dabei gedacht? Was bringt mir dieses Buch?

Die Antwort auf alle drei Fragen ist ziemlich einfach: Nicht viel…

Wir leben in einer Zeit, in der alles wichtig zu sein scheint, jeder zu allem eine fundierte Meinung braucht und, so zumindest mein Eindruck, jede persönliche Meinung absolut politisch korrekt sein muss, egal ob zu Geschlecht, Kulturkreis, Rasse oder eben Religion.

Es ist mir durchaus bewusst, dass die Veröffentlichung eines solchen Werks, in allen Epochen der Menschheitsgeschichte, wahrscheinlich, auf die eine oder andere Weise, zum zeitnahen Ableben des verantwortlichen Schreiberlings geführt hätte. Aber wir haben uns ja weiterentwickelt… oder?

Vielleicht aber, will der Autor(wenn man von einem solchen überhaupt sprechen kann), mit diesem Buch, doch etwas sagen. Nehmen Sie nicht alles so ernst und versuchen Sie sich einfach unterhalten zu lassen.

Mehr muss ein Buch ja auch nicht können… und vor diesem, gab es ja auch schon schlampig recherchierte, komplett aus der Luft gegriffene und schlecht geschriebene Exemplare. Allem voran der größte Bestseller aller Zeiten.

Viel Spaß.

Call the President

New York, USA… Sonntag

Die Tür schlug zu… Jesco schickte Direktor Morris eine kurze SMS: „Auftrag erledigt."

15 Minuten später traf das NYPD am Tatort ein. Als Officer Castle die Tür öffnete, musste er sofort gegen seinen Würgereiz ankämpfen.

Im Hotelzimmer des Sheraton saß ein Mann leblos, gebunden an einen Stuhl mitten im Raum. Er war an Armen und Beinen mit schwarzem Para Cord gefesselt, seine Füße nackt und zerschunden, die Finger gebrochen und das Gesicht von harten Schlägen gezeichnet. Der Mann kam Castle bekannt vor und ihm fiel eine schwarze Trauerschleife auf, welche dem Opfer mit einer Nadel in die Brust gesteckt worden war. Die Augen des selbigen waren weit aufgerissen und seine Kehle wurde offensichtlich brutal aufgeschlitzt.

Castle rief Verstärkung und flüchtete aus dem Zimmer, als er spürte, wie der triple Cheeseburger von Wendy's ruckartig ans Tageslicht drängte.

Er saß nach Luft ringend am Boden im Flur vor Zimmer 212, als die Mordkommission des NYPD nebst CSI eintraf. Dicht hinter ihnen befand sich eine Meute Journalisten, welche von überforderten Streifenpolizisten zurückgedrängt wurde.

„Was soll dieser Aufstand?", dachte sich Castle, als er, wieder langsam zu Sinnen kommend, neben dem Häufchen, welches einmal sein Cheeseburger war, aufstand. Als er zurück ins Zimmer kam, telefonierte der Einsatzleiter, John Smith sichtlich aufgelöst mit jemandem, der anscheinend nicht erfreut über die Neuigkeiten war. Smith war ein großgewachsener, bulliger Mann, welcher in NYPD Kreisen stets als harter Hund und knallharter Ermittler bekannt war. Nun hielt er sich stammelnd sein iPhone ans Ohr und versuch-

te, die Person am anderen Ende krampfhaft
zu beruhigen.

„Sir, ich weiß es auch nicht!"

„Wir bemühen uns."

„Er kann nicht weit sein!"

Smith legte auf und stand im Zimmer wie
ein Schuljunge, der gerade seine Milch
verschüttet hatte.

Keine drei Minuten später stand eine
Abordnung des FBI und Interpool im Raum.
Die beiden Befehlshaber John Collins vom
FBI und Colin Leitch von Interpool hatten
innerhalb einer Minute das Zimmer von
sämtlichen Personal des NYPD einschließ-
lich des betröppelten Smith und des krei-
debleichen Castle befreien lassen. Collins
und Leitch schauten sich an, als sie den
Leichnam sahen, und sagten fast aus einem
Mund: „Schon wieder er!"

Sie hatten diese Handschrift in den letzten drei Jahren schon oft gesehen... an vielen Opfern. Diesmal war es wie so oft vorher wieder eine Einflussreiche Person. Doch dieses Mal schien er zu weit gegangen zu sein.

„Ruf den Präsidenten an... er braucht einen neuen Vize", sagte Leitch zu Collins.

Regrets

New York, USA… Sonntag

Es war kurz nach 19 Uhr an diesen Sonntag, als Jesco in die Mercury Bar am Times Square stürmte.

Das Spiel hatte bereits begonnen und er ärgerte sich, wie jedes Mal, als er auch nur eine Sekunde der Eagles verpasste. Seine Mannschaft spielte heute gegen die Giants.

„Gott sei Dank", dachte Jacobs, da deswegen das Spiel in New York überall übertragen wurde.

Er bestellte hastig ein Bier und stellte sich am Tresen nahe des Fernsehers, damit er ja nichts mehr verpasste. Es stand bereits 7:0 für die Eagles, da Sproles den Eröffnungs-Kick off gleich zum Touchdown zurückgetragen hatte.

Jesco nahm einen tiefen Schluck von seiner Flasche und fragte sich gleichzeitig, warum Amerikaner kein Bier brauen können, das nicht nach Pferdepisse schmeckt.

Die Giants waren im Angriff und Quarterback Manning sagte, wie immer, offensichtlich verunsichert den Spielzug an.

Jacobs musste immer lachen, wenn er Eli sah… dieser kleine Hänfling, der immer den Gesichtsausdruck eines Rehs im Scheinwerferlicht hatte. Er konnte nicht nachvollziehen, warum ein Team, das sich Giants nannte, das was einem Mädchen am Fooootballfeld am nächsten kam, als Spielmacher aufstellen konnte.

Manning hikte den Ball und schon war es so weit: Barwin kam von rechts und begrub den armen Tropf donnernd unter sich.

Die anwesenden Giants Fans schlugen die Hände über dem Kopf zusammen. Jesco hingegen kicherte in sich hinein.

Nach der dritten Zeitlupe tauchte plötzlich eine hübsche Sprecherin auf dem Bildschirm auf und gab zu verstehen, dass das Programm aufgrund einer Sondersendung unterbrochen werden müsse.

„Heute Nachmittag", sagte sie mit zittriger Stimme, „ist unser Land einmal mehr Opfer eines schockierenden Angriffs geworden. Im Sheraton Hotel wurde eine brutal geschundene Leiche gefunden, bei der es sich übereinstimmenden Berichten zufolge um unseren Vize-Präsidenten Harold Myers handelt."

Verwackelte Bilder begannen über den Bildschirm zu laufen… der Kameramann versuchte offensichtlich an der Polizeisperre im Flur des Hotels vorbeizukommen. Es folgten Interviews mit Hotelangestellten und Psychologen, welche die vermeintliche Psyche des Täters erklären wollten.

Jesco verließ entnervt die Bar, da das Ganze kein Ende zu nehmen schien, und bereute seine Tat, denn er würde zum ersten

Mal seit über zehn Jahren ein Eagles Spiel verpassen.

Shared sorrow

Langley, VA … Sonntag

Das Telefon von John A. Brendan klingelte. Er saß wie eigentlich immer, natürlich auch sonntags an seinem antiken Mahagoni Schreibtisch aus dem 17. Jahrhundert. Angeblich hatte er einmal irgendeiner historischen Person gehört, wem, wusste er gar nicht mehr. Der Direktor der CIA hatte nichts übrig für Geschichte…

Er ging ans Telefon. Direktor der „Secret Operation" Phillip Morris meldete sich vom anderen Ende: „Sir, Jacobs hat den Auftrag erledigt."

„Danke.", erwiderte Brendan trocken und legte auf.

Natürlich wusste er bereits Bescheid, denn es war das erste Mal seit über zehn Jahren, dass er aufgrund einer, aus seiner Sicht, völlig überzogenen Sondersendung ein Spiel seiner Giants verpasste.

Mr. Nice Guy

New York, USA… Sonntag

Jesco schlich die West 44th Street entlang in Richtung des Sofitel Hotels, wo er
noch bis morgen nächtigen wollte.

„Wenn die Leute wüssten, was für ein
Drecksack der Vizepräsident war", dachte
er sich, „würden sie nicht so einen Aufstand machen. Was ist das für ein Mann,
der so viel Geld verdient und trotzdem
Staatsgeheimnisse an feindliche Länder
verkauft?"

Mehr Informationen hatte er wie üblich
nicht bekommen. Meyers hatte sich beim
Verhör unfassbar lange dumm gestellt und
hatte ihm keinerlei Informationen gegeben.
Laut Morris aber auch sekundär, deshalb
hatte ihn Jesco irgendwann erlöst, als
Meyers drohte an seinem eigenen Blut zu
ersticken. Offensichtlich hatte er ein
paar Mal zu fest zugeschlagen, passierte
ihm öfter…

Jesco war ein Mann mit außergewöhnlicher Kraft. Trotz seiner bescheidenen 180 Zentimeter Körpergröße bei 85 Kilogramm, hatte er in seinem ganzen Leben noch nie eine Schlägerei verloren, auch nicht, wenn Gegner zu dritt oder viert waren. Er beherrschte diverse Kampfsportarten (welche er sich irgendwann einmal über YouTube-Videos innerhalb weniger Wochen angeeignet hatte)und hatte die rohe Kraft eines Bullen.

Er konnte sich erinnern, dass Schwester Mary Clarance, als er noch im Waisenhaus war, mit ihm deswegen sogar zum Arzt ging.

„Manche sind eben stärker als andere", attestierte dieser lapidar.

Mary Clarance blieb daraufhin nichts anderes übrig, Jesco zu bitten, keine anderen Kinder mehr zu verprügeln. Er versprach, denn er mochte sie.

Wasser lief ihm übers Gesicht, als er das Hotel erreichte, da seine kurz geschorenen Haare es nicht vermochten, den Regen lange zurückzuhalten. Als der Hotelpage Jesco sah, stürmte er herbei und hielt einen Regenschirm über Jescos Kopf.

„Oh Mann Mr. Jacobs", sagte Jim mitleidig, als er neben Jacobs, den Schirm haltend herlief, „hätten Sie mal lieber ´nen Schirm mitgenommen."

„Vielen Dank", erwiderte der Nasse, „nicht nötig", und steckte Jim einen Zwanziger zu, als er in die Lobby trat.

„Einfach ein netter Kerl", dachte sich Jim und rief Jesco hinterher: „Übrigens, Mr. Jacobs, die Eagles führen 21:0!"

Jesco hob im Weggehen den Daumen und kicherte in sich hinein, als er sich vorstellte, wie Manning permanent heulend auf seinem Hosenboden saß.

Merry Couple

New York, USA… Sonntag

Collins und Leitch saßen in der Hotel Bar des Four Seasons Hotel in der East 57th Street und nahmen ihren abendlichen Whisky Sour.

Wenn sie in New York waren, nächtigten sie immer hier, da das Four Seasons einen grandiosen Whisky Sour machte und das Ambiente der Bar einfach perfekt war. Komplett mit dunklem Holz vertäfelt und mit Massivholzmöbeln aus dem 19. Jahrhundert ausgestattet. Es roch unwiderstehlich nach Holz, Leder und Zigarren, genau wie es sich eben für eine vernünftige Bar gehörte… Mit diesem puristischen Design-Scheiß konnten beide wenig anfangen.

Beide arbeiteten seit inzwischen drei Jahren zusammen und waren schon fast wie ein altes Ehepaar. Sie unterhielten sich oft über den schicksalhaften Tag im Februar vor drei Jahren, als der erste von insgesamt 26 Morden verübt wurde, welcher dieses merkwürdige Merkmal aufwies. Eine kleine schwarze Trauerschleife, welche den Opfern mit einer Nadel immer in die Haut gestoßen wurde.

Erst nach dem vierten Opfer ein halbes Jahr später wurde ein Muster erkannt, da diese alle in verschiedenen Ländern gefunden wurden.

Die erste Leiche wurde in Los Angeles entdeckt. Ein Regisseur, der gerade einen Film über die Macht der Ölkonzerne im Amerika drehte. Die zweite Person wurde in London, am Picadilly Circus, während einer Demonstration gegen korrupte Politiker ermordet. Es war die Frau desselben. Das dritte Opfer, ein führender deutscher Gewerkschaftsboss, „fiel" in Frankfurt aus einem Wolkenkratzer und der Vierte war ein chinesischer Künstler, der während seines Urlaubs auf Hainan eines nachts tot auf seinem Zimmer gefunden wurde.

Nach diesem Mord wurden die Trauerschleifen in Zusammenhang gebracht und Interpol setzte Leitch auf den Fall an. Da der erste Mord in LA verübt wurde, stellte das FBI Collins ab und die beiden bildeten ein Team.

Es dachte natürlich niemand, dass das ganze Jahre dauern würde… inzwischen waren beide geschieden.

Mirror, mirror on the wall…

Langley , USA… 1991

Die Kinder lagen alle in ihren Stock-
betten. Der Geruch im Schlafsaal des St.
Clairs Waisenhaus in Langley war, wie immer im stickigen Juli, in leicht muffigen
Nuancen von Wolldecken gehüllt, welche von
den grauen Überwürfen der Kinderbetten
kam.

Big Bill, wie ihn alle anderen Kinder
nannten, schob so leise wie möglich die
Decke von sich und setzte seine nackten
Füße vorsichtig auf den kalten Fliesenbo-
den. Er schlich hinüber zu seinen Kumpels
Jim und Jack und weckte sie wie vereinbart. Zu dritt krochen sie über den Boden
zur alten Schwingtür des Schlafsaals und
versuchten selbige ohne größere Geräusche
zu öffnen. Im Flur des alten Waisenhauses
aus dem 18. Jahrhundert huschten sie zur
Treppe, welche hinauf zu den Lehrer- und
Betreuerbüros führte. Als sie um die Ecke
zu Schwester Mary Clarances Büro bogen,

hörten sie ein leises Quietschen und blieben sofort verschreckt stehen. Jack schreckte herum und blickte verängstigt in den dunklen Treppenaufgang unter ihnen.

„Das war der Wind, du Weichei!", fauchte Big Bill und ging weiter.

„Wie willst du da überhaupt hineinkommen?", piepste Jim.

„Na mit dem Schlüssel, ihr Idioten!", sagte Bill überschwänglich und zog den alten Siegelschlüssel stolz aus seiner Tasche. „Den habe ich der alten Kuh heute Nachmittag aus ihrem Pinguinkostüm geklaut!", berichtete er triumphierend.

Bill schloss auf und die drei standen in Schwester Mary Clarances Büro. Alle schlichen zum Schreibtisch und öffneten eine Schublade nach der anderen. Als die vierte offen war prustete es aus Bill heraus:

„Ich wusste es! Die Alte ist echt so blöd und lässt die Spenden des Sonntagsgottesdienstes hier im Schreibtisch!"

„Oh Mann!", sagte Jack. „Jetzt können wir uns so viel Dr. Pepper wie wir wollen kaufen!"

Sie begannen ihre „Beute" zu zählen. Als Big Bill den hundertsten Dollarschein gezählt hatte, schreckte er plötzlich wegen eines lauten Kreischens herum. Seine Augen füllten sich reflexartig mit Tränen, als er sah, wie Jim blutüberströmt zusammensackte. Im Augenwinkel konnte er Jack sehen, wie dieser panisch versuchte zur Tür zu sprinten, jedoch wurde dieser Versuch abrupt gestoppt, als selbige plötzlich aufsprang und der arme Tropf frontal gegen die Türkannte rannte. Ein knackendes Geräusch ließ Jacks Stirn aufbersten und er ging ebenso wie Jim blutend zu Boden. Big Bill fühlte sich auf einmal ganz klein. Er spürte, wie ihm sein neunjähriges, kleines verfettetes Herz bis zum Hals schlug. Panisch blickte er sich in alle

Richtungen um. Aus dem Dunkel hinter der Tür huschte plötzlich etwas blitzschnell auf ihn zu und warf ihn, wie ein Meteorit einen Brontosaurus, zu Boden. Er fühlte, wie ihn im Millisekundentakt harte Schläge im Gesicht trafen und ihm augenblicklich, gefühlt, literweise warmes Blut über die Haut rann. Er versuchte zu schreien, jedoch wurde jeder Versuch von einem weiteren donnernden Schlag erstickt. Er hatte mit seinem Leben schon fast abgeschlossen als auf einmal das Licht anging und eine hysterische Stimme schrie: „Jesco, hör auf!"

Schwester Mary Clarance stand im Nachthemd gekleidet im Raum und Jesco schreckte in seinem Bett des Sofitel schweißgebadet hoch.

Er ging ins Badezimmer, nahm einen tiefen Schluck vom Wasserhahn und wusch sich den Schweiß vom Gesicht. Als er in den Spiegel blickte sah er sich als Neunjähriger in einem blutverschmierten Schlafanzug.

The worlds end

Röslau, BRD… Sonntag

Es regnete in Strömen und war stürmisch in dieser Nacht im Frühherbst. Typisches Wetter in der Provinz des Fichtelgebirges. Dieser kleine Landstrich im Nordosten Bayerns war ja auch nicht gerade für seine mediterranen Temperaturen berühmt. Jedoch hatte es Professor Feuerstein ja auch nicht wegen des Klimas sondern wegen der wunderschönen Landschaft und der Ruhe vor 15 Jahren hierher verschlagen.

Heute war sein 77. Geburtstag und er genoss selbigen mit einem guten Buch und einer Flasche mittelmäßigen Single Malt, wie immer, allein. Während er halbherzig in seinem Buch schmökerte, freute er sich innerlich über die Ruhe und den Frieden die er nun bereits seit 15 Jahren auf diesem herrlichen Stück Erde hatte. An seine Jahre der Flucht konnte er sich kaum mehr erinnern.

Fast 20 Jahre hatte die CIA ihn in Metropolen der Welt gejagt und immer irgendwann gefunden. Im Jahre 2000, als er einmal wieder aufgespürt worden war, plante Feuerstein seine erneute Flucht, diesmal von Wien nach Stockholm. Ungefähr auf halbem Weg explodierte der Kühler seines alten Opel Admiral… dass es in Strömen regnete war auch klar.

Nach 20 Minuten auf dem Standstreifen hielt eine junge Frau an und fragte, ob er Hilfe bräuchte. Er bedankte sich, stieg in ihren Volkswagen mit der Bitte, ihn in eine Werkstatt zu fahren. Die junge Dame stellte sich als Adessa vor.

„Adessa Vivaldi", sagte Sie mit leicht italienischem Akzent.

„Sehr erfreut, Feuerstein mein Name, Professor Ignatz Feuerstein".

Er war unglaublich froh, dass diese unglaublich attraktive Frau ihn aufgegabelt hatte. Während die beiden in Richtung

Werkstatt fuhren, sah Ignatz die urige, wunderschöne Landschaft im Halbdunkel an sich vorbeiziehen und dachte, dass die Leute von der CIA am „Arsch der Welt" vielleicht nicht nach ihm suchen würden… Er behielt bis heute Recht.

Irrelevant Information

New York, USA… Montag

Jesco legte sich wieder hin. Ausnahms-
weise eine vernünftige Matratze, dachte
er. Seit nunmehr drei Jahren schlief er
mehr oder weniger nur noch in Hotels überall auf der Welt und hatte gelernt, dass
es auch überall, unabhängig vom Preis, gute und, vorsichtig ausgedrückt, beschisse-
ne Matratzen gab. Zufrieden schloss er die
Augen… er hatte gerade bei NFL Gameday die
Zusammenfassung des Eagles-Spiels gesehen
und das Erfreulichste am 42:3-Sieg seiner
Vögel war das Eli Manning bei der Presse-
konferenz, wie üblich, im schlecht sitzenden Anzug und Tränen in den Augen eine
verdiente Niederlage eingestand. Es war
01:30 Uhr, als er weg-döste.

Das schrille Klingeln seine Handys
schreckte ihn auf.

„Morris, du Arschloch", dachte er sich. „Schläfst du nie? Lichtgestalt!", meldete sich Jesco grinsend.

„Mr. Jacobs", meldete sich Morris ohne auf Jescos Feixereien einzugehen. „Wir haben einen neuen Auftrag für Sie."

„Schon wieder!?", echauffierte er sich. „Ich habe gerade erst den letzten erledigt. Und das nächste Mal, Sie Vollidiot, sagen Sie mir gefälligst, wenn ich den Vize-Präsidenten der USA umbringe!"

„Diese Information war nicht relevant", konterte Morris trocken.

„Nicht relevant!? Ist es auch nicht relevant, wenn ich Ihnen in Ihren steifen Arsch trete!?"

„Machen Sie einfach Ihren Job!", fuhr Morris unbeirrt fort, „Sie erhalten ihr Flugticket an der Rezeption. Ihr Flug geht um 06:00 Uhr nach München. Anschlie-

ßend müssen Sie mit dem Mietwagen zum Zielort fahren."

„Wo ist der Zielort?", fragte Jesco.

„Am Arsch der Welt", entgegnete
Phillip Morris, für ihn untypisch humor-
voll.

Something special

Atlantischer Ozean… 1938

Es war der 13.09.1938. Das riesige Schiff schwankte im mächtigen Seegang und trotzte dem Sturm.

Die New World war ein Passagierschiff, welches 14-tägig die Route Hamburg – New York fuhr. Die „NW", wie die Besatzung sie nannte, war eines der schönsten Passagierschiffe seiner Zeit, das bis zu 5000 Menschen, aufgeteilt auf alle 3 Klassen, eine Überfahrt in die neue Welt ermöglichte. Das Schiff war ausgestattet allerlei Luxus. Die meisten Wände waren mit dunklem Holz vertäfelt, von den Decken hingen prunkvolle Kronleuchter und sämtliche Möbel waren vom feinsten.

Seit ungefähr zwei Jahren war die Situation jedoch eine andere. Da immer mehr Menschen vor den unsäglich Ansichten eines kleinen Österreichers flohen, waren die einst prunkvollen Passagierdampfer zu riesigen Notinseln für Flüchtlinge verkommen. Bei dieser Überfahrt drängten sich mehr als 12000 Menschen unter miserablen hygienischen Bedingungen auf dem Schiff.

Tief im Bauch der NW, dem Standort der dritten Klasse, herrschte unter den dicht gedrängten Menschen ohrenbetäubender Lärm. An den ehemals weißen Wänden, bildeten sich inzwischen Rostblasen, der Boden war verdreckt und die Luft extrem stickig. Aus einem der hinteren Abteile trat lähmendes Schreien.

Es war eine junge Krankenschwester namens Tamar Feuerstein. Ihr Mann Shlomi, ein wenig erfolgreicher Schriftsteller, hielt verängstigt die Hand seiner schwitzenden Gattin. Sie lag auf einem alten Holztisch und hatte starke Wehen. Sarah, eine Köchin, und Maria, eigentlich Bäckerin, standen Tamar so gut es ging als Geburtshelfer zur Seite.

Shlomi machte sich Vorwürfe, seiner Frau solch eine Geburt zuzumuten. Sie hatten geplant ihr Kind in ihrer Heimatstadt Hamburg zu bekommen, bis die Situation mit den Nazis immer schlimmer wurde. Als die „SS" Wind von seinem Beruf bekam, wurde die Gefahr einfach zu groß. Die beiden flohen nachts zu Fuß in den Hafen, wo sie das erste Schiff bestiegen, welches in Richtung Amerika ablegte.

Unter dem Tisch stand ein alter Emaille-eimer, welchen die Hilfsschwestern mit Wasser gefüllt hatten, über den Schultern hatten sie, die saubersten Lumpen, die sie irgendwie auftreiben konnten. Sarah und Maria war bewusst dass dies nicht das Umfeld war ein Kind auf die Welt zu bringen, sie versuchten jedoch ihr bestes.

Zwei Stunden später wichen die quälenden Schreie in der dritten Klasse kurzer Stille, nur um Sekunden später wieder von Schreien abgelöst zu werden. Diesmal waren selbige jedoch nicht quälend. Es waren die herzerwärmenden Schreie eines neugeborenen Jungen. Maria übergab ihn zufrieden lächelnd seinen Eltern. Shlomi hatte Tränen in den Augen, Tamar nahm den Spross an ihre Brust und flüsterte ihm ins Ohr:

„Ignatz, du wirst etwas Besonderes… etwas ganz Besonderes." Dann küsste Sie ihn auf die Stirn.

Ein paar Momente später entschlief Tamar für immer. Der Blutverlust war einfach zu groß.

Respectful love

Röslau, BRD... Montag

Adessa schloss die Tür zu Ignatz' Zimmer. Jeden Abend sah sie nochmals nach ihm, bevor sie selbst ins Bett ging. In diesen Momenten dachte Sie oft an die schicksalhafte Nacht vor 15 Jahren, als sie diesen unglaublichen Menschen zum ersten Mal traf.

Wie ein begossener Pudel stand er bei strömenden Regen am Straßenrand. Eigentlich wollte sie nicht anhalten, dann sah sie den älteren Herrn, wie er pitschnass vor seiner Motorhaube stand. Als sie im Schritttempo vorbeirollte fielen ihr sofort seine treuen und liebenswerten Augen auf, welche hinter seiner mit Wassertropfen benetzten Brille im Scheinwerferlicht sichtbar wurden. Er hatte für sie sofort etwas Väterliches an sich, zu dem sie sich aus irgendwelchen Gründen hingezogen fühlte, und hielt an.

Der Rest der Geschichte war relativ schnell erzählt. Sie fuhr ihn zu einer Werkstatt. Zwei Wochen später, als sie im Tante-Emma-Laden des Ortes für sich und ihre Mutter, welche sie seit einem Schlaganfall vor ein paar Jahren pflegte, einkaufte, traf sie Ignatz wieder. Er eröffnete ihr freudestrahlend, dass er sich in dieses Dorf verliebt und etwas außerhalb ein altes Einsiedlerhaus erstanden hatte. Zwischendurch besuchte sie ihn zum Kaffee und beide kamen sich näher. Jedoch nicht wie Mann und Frau, sondern wie Vater und Tochter. 2005 Starb Adessas Mutter eines Nachts, ihren Vater kannte sie nicht wirklich, da dieser bereits verstarb, als sie fünf gewesen war. Sie war vollkommen ohnmächtig aufgrund des Umstands dass sie mit noch nicht einmal 25 Jahren Vollwaise war. Sie hatte sehr wenig Freunde, weil die Pflege ihrer Mutter ein Fulltime-Job war und sie seit jeher, ein schüchternes Mädchen war, welches nie gut darin gewesen war, tiefgreifende Kontakte zu knüpfen. Von Beziehungen zu Männern ganz zu schweigen… Sie fand Zuflucht und Halt bei Ignatz. Als sie ihm nach ein paar Wochen beichtete, dass sie in der Wohnung ihrer Eltern keinen Schlaf fand, bot er ihr an im Gästezimmer zu übernachten.

Dort wohnte sie nun seit fast zehn Jahren. Im Laufe der Zeit vertraute sich Professor Feuerstein ihr immer mehr an und eines Tages wusste sie alles über Ignatz. Seit dem hatte sie ein Vielfaches mehr Respekt, ja fast Ehrfurcht vor diesem ganz besonderen Menschen.

Watch your mouth...

New York, USA... Montag

Der Regen hatte aufgehört. Jesco trat aus dem Hotel in die nasse Kälte.

„Das Taxi muss jeden Moment kommen", dachte er sich.

Die, mit Pfützen übersäte Straße war menschenleer, lediglich eine schmutzige und verwahrloste ältere Dame überquerte gerade mit ihren Habseligkeiten die Straße. Immer wenn er offensichtlich Obdachlose sah, fragte er sich, was die Menschen wohl durchgemacht hatten, um so zu enden. Die Frau grüßte ihn freundlich, während sie ächzend unter ihrer Last an ihm vorbeischlich. Jesco erwiderte den Gruß und sagte:

„Ma`am, ich muss heute nach Europa und habe hierfür in nächster Zeit keine Verwendung. Kann es Ihnen vielleicht helfen?"

Er streckte ihr ein Bündel Dollarnoten entgegen. Die Alte sah ihn verdutzt an und zählte rasch nach.

„Sir, das sind fast 300 Dollar!"

„Nehmen Sie einfach", nickte Jesco zustimmend.

„Gott segne Sie." Sie steckte das Geld ein.

„Nicht nötig", erwiderte Jesco. „Einen schönen Tag noch."

In diesem Moment bog ein Taxi um die Ecke. Jacobs hob die Hand und nickte seiner neuen Freundin, welche gerade lächelnd weitergehen wollte, zum Abschied noch einmal zu. Der Fahrer hielt und stieg aus, um Jesco das Gepäck abzunehmen. Als er nach den beiden Taschen griff, sagte er:

„Scheiß obdachlose Schmarotzer! Man sollte sie alle erschießen!"

Die alte Dame sah kurz verletzt zurück und ging schleichend weiter. Plötzlich spürte der Taxifahrer einen stechenden Schmerz in der Schulter. Winseln riss er seinen Kopf herum. Jesco hatte ihn in einem schmerzhaften Griff und funkelte den Mann wütend an.

„Sir, Sie werden sich bei der Dame entschuldigen"

„Leck mich!", fauchte der Fahrer unter Schmerzen. Jesco schob die Schulter noch ein Stück nach oben und drückte gleichzeitig mit der anderen Hand in den Nacken des Mannes. Dem entfuhr schrill: „Bitte Ma´am, oh Gott, bitte entschuldigen Sie!"

Die Frau starrte Jesco erschrocken, aber dennoch dankbar an, drehte sich um und ging weiter. Jesco ließ den Winselnden aus dem Griff.

„Arschloch!" schrie der Fahrer, und schlug zu.

Ein paar Minuten später saß Jesco Jacobs auf dem Fahrersitz des Taxis und raste Richtung JFK Airport.

Inzwischen war es 05:00 Uhr. Der verängstigte Zeitungsbote tippte auf seinem Handy den Notruf.

„Schnell, kommen Sie und bringen Sie einen Krankenwagen mit! Hier beim Sofitel hängt ein Schwerverletzter an einem Laternenmast!"

Als die Rettungskräfte nebst Polizei eintrafen, fanden sie einen Mann mittleren Alters, nackt an einen Laternenpfahl gefesselt. Von seinem Kopf tropfte Blut. Die Beamten schnitten den Wimmernden los und übergaben ihn den geschockten Sanitätern. Die betteten ihn auf eine Trage und verfrachteten ihn in den Krankenwagen. Der jüngere der beiden Sanitäter fing an die Kopfwunde zu säubern.

„Oh mein Gott!", sprudelte es aus ihm heraus.

„Was ist, Bob?" Sein Kollege kam um das Auto und blieb erschrocken stehen. Auf der Stirn des benommenen Opfers prangte aus tiefen Schnittverletzungen:

„ARSCHLOCH"

Make sure you don't change the world

New York, USA… Montag

Jesco stellte das Taxi im Parkverbot des Terminal 1 am JFK ab und holte sein Gepäck aus dem Kofferraum. Als er Richtung Eingang schlenderte, bauten sich auf halbem Weg zwei großgewachsene Männer, mit dunklen, schlecht sitzenden Anzügen und „Knopf im Ohr" vor ihm auf.

„Ihr CIA-Jungs versteht wirklich was von unauffälligem Auftreten", frotzelte Jacobs und ging durch die beiden hindurch, als ob sie nicht da wären.

„Sir, bitte folgen Sie uns!"

„Ach kommt, Mädels", beschwichtigte Jesco, „der Taxifahrer ist wirklich ein Arschloch!"

„Wir wissen nicht, wovon Sie reden", erklärte der eine.

„Ich bin spät dran. Wenn ich meinen Flug verpasse, muss ich mich mit der Spesenabteilung wieder wegen der Umbuchung rumschlagen!", konterte Jesco.

„Müssen Sie nicht", antwortete der andere ungerührt. „Mr. Brendan hat bereits einen Privatjet organisiert, welcher Sie nach Gesprächsende zu Ihrer Destination fliegt."

„Sie können aber geschwollen reden", erwiderte Jacobs abfällig, ohne zu zeigen, wie neugierig er plötzlich war.

John A. Brendan war nicht dafür bekannt, seinen Schreibtisch zu verlassen, geschweige denn Langley. Jesco hatte ihn in den letzten Jahren, nie zu Gesicht bekommen, nur einmal, bei seiner Rekrutierung mit ihm telefoniert. Ansonsten wurden alle Angelegenheiten von Morris geregelt. Er folgte den beiden ohne weitere Widerworte.

Die beiden „Gorillas" führten Jesco zu einem Seiteneingang des Flughafenverwaltungsgebäudes. Durch eine unscheinbare Blechtür traten die drei in einen dunklen Flur. An einer der unzähligen Türen blieb Jescos Begleitung stehen, klopfte an selbiger und gab Jesco zu verstehen, dass er eintreten solle. Er tat wie ihm geheißen und blickte in einen schwach beleuchteten Raum. Links und rechts verstaubte Regale, hinten im schlauchförmigen Zimmer stand ein Klapptisch, hinter dem ein Mann älteren Semesters mit Glatze und Brille saß, welcher gerade an einer E-Zigarette zog.

„Mr. Jacobs", sagte der Alte, „schön dass Sie es einrichten konnten, wusste gar nicht, dass Sie jetzt Taxifahrer sind".

„Lange Geschichte". Jesco rückte sich unaufgefordert einen Klappstuhl zurecht und setzte sich. „Was muss ich für Sie tun?", fragte Jesco forsch.

„Wie Sie wissen", begann Brendan, ohne Zeit zu verlieren, „führt Sie ihr nächster Auftrag in eine entlegene Ecke in Deutschland. Der Ort liegt in der Nähe der tschechischen Grenze und wurde in den letzten Jahren durch wegbrechende Industrie immer mehr zum Niemandsland."

„Sie haben ihren Arsch sicherlich nicht seit tausend Jahren zum ersten Mal aus Ihrem Sessel in Langley erhoben, um mir das zu erzählen", warf Jesco unverschämt ein.

Brendan wurde rot vor Wut.

„Sie respektloses Stück Scheiße! Warum, wie oft und wann ich wohin gehe geht Sie einen Dreck an! Ich habe Sie holen lassen um Ihnen die Brisanz dieses Einsatzes persönlich zu verdeutlichen!"

Jesco stockte: „Sir", wurde er höflicher, „ich habe gestern den Vize-Präsidenten der Vereinigten Staaten von Amerika umgebracht. Was sollte bitte an diesem Einsatz brisanter sein?"

„Mr. Jacobs, bei diesem Einsatz geht es um nicht weniger als den Fortbestand der Welt, wie wir sie kennen. Unter keinen Umständen darf das Ziel entkommen oder irgendwelche Aufzeichnungen hinterlassen. Es sind in diesem Fall auch keinerlei Befragungen vonnöten. Schalten Sie das Ziel aus und brennen das gesamte Anwesen restlos nieder. Lassen Sie sich in kein Gespräch verwickeln, und es muss wirklich alles vernichtet werden! Haben Sie mich verstanden?"

Jesco nickte fast überfordert.

„Aber was ist es, das das Ziel so extrem gefährlich macht?", fragte Jesco.

„Wenn dieser Mann Erfolg hat, wird er die Welt in größeres Chaos stürzen, als es sich Hitler jemals gewünscht hätte, bitte versprechen Sie mir, dass Sie diesen Auftrag mit noch größerer Sorgfalt erledigen als alle anderen, welche Sie bisher zu unserer größten Zufriedenheit erledigt haben."

Jesco versprach und verließ nachdenklich die Besenkammer. Er fragte sich, ob es schlimm wäre, wenn die Welt anders würde, als wir sie kennen.

I'm so tired

Langley, USA… 1991

Jesco saß auf dem Sofa in Schwester Mary Clarances Büro. Sein Schlafanzug war blutverschmiert und ihm war kalt. Jedoch zitterte er nicht, sondern starrte nur geistesabwesend auf den alten Parkettfußboden. Gerade hatten Notärzte die drei jungen Einbrecher Jim und Jack sowie Big Bill abgeholt. Nun waren nur noch Steve Smith, der örtliche Polizeichef, und Schwester Mary Clarance anwesend.

„Schwester", begann Smith beschwörend, „man muss diesen Jungen wegsperren. Er ist gemeingefährlich!"

„Sir, es ist mir bewusst, dass Jesco kein einfaches Kind ist, jedoch ist er ein herzensguter Mensch, der mit Gottes Hilfe auf den richtigen Weg zu bekommen ist."

Smith runzelte die Stirn und sagte: „Dieser Junge ist auf keinen Weg zu bringen. Er ist Ihnen mindestens ein dutzend Mal abgehauen und hat dabei jedes einzelne Mal eine Spur der Verwüstung hinterlassen. Diese kranke Kreatur ist neun Jahre alt, stellen Sie sich vor was er als Erwachsener veranstaltet!"

Jesco blickte mit Tränen in den Augen zu den beiden auf.

„Er wird über kurz oder lang Menschen töten!", echauffierte sich Smith. „Dieses Kind ist die Ausgeburt des Teufels!"

„Schweigen Sie!", fuhr Mary Clarance ihn an. „Dieser Junge ist auch der Grund, warum Sie ihren Scheiß-Job noch haben und Ihren fetten Arsch in Ihrem Chefsessel parken können. Jesco hat während seines Verschwindens immer buchstäblich aufgeräumt! Es gibt momentan in ganz Langley keinen Verbrecher, der sich nicht vor einem Neunjährigen in die Hose scheißt!"

„Ma'am", erwiderte Smith kleinlaut. „Es ist eine Sache, wenn der kleine unsere Verbrechensstatistik nach unten treibt, aber eine andere, wenn ein Kind in dieser Stadt Amok läuft und tut was es für richtig hält. Ich muss Sie bitten, den Jungen zu zügeln, oder ich sehe mich gezwungen, ihn in Gewahrsam zu nehmen und an geeignetere Institutionen abzugeben."

Die Schwester nickte und Smith verließ den Raum. Mary Clarance stand ohnmächtig im Raum und starrte an die Wand. Tränen stiegen in ihre Augen, während sie ihren Gott offensichtlich bat, ihr Kraft zu geben, um mit Jesco fertig zu werden.

Sie spürte ein sanftes Zupfen an ihrem Nachthemd und blickte nach unten. Jesco sah sie mit verweinten Augen an.

„Ma'am, darf ich ins Bett? Ich bin so müde."

Very important person

München, BRD… Montag

Er stieg bei strömendem Regen aus dem Flugzeug. Pfützen säumten seinen Weg zur VIP-Ankunftshalle des Münchner Flughafens. Jesco stapfte, den Regen ignorierend in Richtung Eingang, während hinter ihm hektisch seine beiden schwarzen Militärrucksäcke, sein einziges Gepäck, entladen wurde. Er ging im Empfangsgebäude angekommen direkt gen Ausgang, denn wie immer hatte die CIA dafür gesorgt, dass er nicht kontrolliert wurde. Sein Mietwagen stand bereits vor der Tür. Die beiden Rucksäcke ließ er auf den Rücksitz der schwarzen Mercedes E-Klasse werfen. Als der Junge, der ihm die Schlüssel übergab, verschwunden war, öffnete Jesco den Kofferraum. In einem schwarzen Lederkoffer befand sich die bestellte „Smart Rifle", ein extrem genaues und zuverlässiges Scharfschützengewehr sowie eine Baretta 9mm, die er nicht brauchen würde. Er stieg ins Auto und startete das Navigationssystem. Er gab die Zieladresse ein.

„Ankunft in Röslau um 17:30 Uhr", erklärte die Stimme aus dem Navi. Jesco hob die Brauen:

„Neumodischer Scheiß!"

Beat the hangover

New York, USA… Montag

Collins Schädel dröhnte. Er öffnete die Augen und sah auf seine Uhr. Halb sieben, stellte er fest und nahm den Anruf an, um das kreischende Klingeln seines Handys zu stoppen.

„Ja?", krächzte er mit heiserer, verrauchter und Whisky Sour geschwängerter Stimme.

„Sir? Mr. Collins?", fragte eine fremde Stimme am anderen Ende.

„Ja", erwiderte er trocken wie sein Hals.

„Hier John Smith vom NYPD, ich glaube, wir haben eine Spur zu Ihrem Mörder, Sir."

Collins schreckte hoch. „Wo!?" Er war schlagartig wach.

„Ich bin im NYP Krankenhaus, ich denke, das hier sollten Sie sich anhören", erwiderte Smith geheimnisvoll.

„Wir sind gleich da!" Collins hopste hektisch auf einem Bein, um seine Hose anzuziehen, während er auflegte.

Keine zehn Minuten später saßen Collins und Leitch in Ihrem Lincoln und waren mit Blaulicht unterwegs ins NYP.

Rest in peace, Jesco…

Röslau, BRD… Montag

"Bitte an der nächsten Ausfahrt die Autobahn rechts verlassen", vermeldete die Stimme des Navi und Jesco verließ die A93 in Richtung Röslau. Nach einem mittelmäßig aussehenden Autohof bog er wiederrum rechts ab. Beiderseits der Straße huschten Wälder im Dunkel an ihm vorbei und aus irgendeinem Grund fühlte er sich wohl, ja fast heimisch in dieser Umgebung. Er durchquerte ein kleines Kaff, das Hinweisschild am Ortssende zeigte, dass es noch 3 Kilometer bis Röslau waren. Dort angekommen zog eine riesige, offensichtlich stillgelegte Fabrik an ihm vorbei, um welche dutzende verkommene Wohnhäuser angesiedelt waren.

„Ziemlich trostlos", dachte Jesco und fuhr weiter durch den Ort. Vorbei an diversen, leer stehenden Geschäften und Gasthäusern, einer leer stehenden Schule und einem von bunten Gebäuden gesäumten

Marktplatz, welcher wahrscheinlich eine heile Welt vermitteln sollte, wo offensichtlich seit Jahren keine mehr war.

Aber diese Luft, diese Landschaft! Der trostlose Ort vermochte es nicht, dieses unbeschreiblich schöne Gefühl zu verdrängen, welches er seit dem Verlassen der Autobahn hatte. Als er den Ort wieder verließ, führte ihn das Navi rechts auf einen Feldweg in den Wald. Als er schon dachte die Koordinaten müssten fehlerhaft sein, tauchten in der Ferne Lichter, offensichtlich von einem Haus mitten im Nirgendwo, auf. Augenblicklich stellte Jesco die Scheinwerfer aus und näherte sich dem Anwesen langsam rollend.

Ungefähr 50 Meter vor dem Gebäude blieb er stehen, stieg aus und holte die Smart Rifle aus dem Kofferraum. Er legte auf der Motorhaube an, mit einem leichten Knacken nahm er den Schutz vom Visier und hielt auf das einzige Beleuchtete Fenster an.

Er sah einen alten Mann in einem noch älteren Ledersessel, welcher in einem Buch las und an einem Whiskyglas nippte.

„Ein netter Herr", dachte Jesco spontan, als er das Fadenkreuz auf die Stirn des selbigen setzte und seine Waffe entsicherte. Am äußeren Rand seines Blickfeldes fiel ihm ein Regal ins Auge, auf dem messingfarbene Urnen standen.

„Komischer Kauz, welches Interesse sollte die CIA an solch einem Mann wohl haben?", dachte Jesco und fuhr mit dem Fadenkreuz zurück zur Stirn des Alten, um im selben Moment wieder nach rechts zu schwenken und dann entgeistert das Gewehr abzusetzen… auf der dritten von sieben Urnen stand in großen Druckbuchstaben eingraviert: JESCO

Get a new tailor!

New York, USA… Montag

Collins und Leitch starrten gebannt auf den Bildschirm der Flughafenüberwachung des JFK Airport. Die Flughafensicherheit hatte Kamerbilder des Terminal 1-Parkplatzes herausgesucht, welche ein paar Stunden alt waren.

Sie waren vom NYP direkt hierher gefahren, als der verletzte Taxifahrer aussagte, dass er den Mann, der ihn verletzt hatte, zum Flughafen fahren sollte. Ihm war auch eine schwarze Trauerschleife mit einer Nadel in die nackte Brust gestochen worden…

Die Kamera zeigte das Taxi, während es im Halteverbot zum Stehen kam.

„Jetzt zeigst du dich, du Drecksau", grummelte Leitch.

Als sich die Fahrertür öffnete und sich eine durchschnittlich aussehende Person in schwarzer Kleidung zeigte, welche zum Kofferraum schlenderte, konnte Collins nicht anders, als zu zweifeln, ob so ein Durchschittstyp zu solchen Taten fähig wäre.

Gebannt folgten beide der Person auf dem Bildschirm, als selbige mit Gepäck Richtung Eingang ging. Das Bild sprang zur nächsten Kamera, als der Mann stehen blieb, da zwei Gestalten auf den Verdächtigen zukamen und ihn ansprachen.

„CIA!", entfuhr es den beiden gleichzeitig.

Plötzlich war der Bildschirm schwarz. Leitch drehte sich verdutzt zum Sicherheitschef des Flughafens um.

„Wasn´ jetzt los?", fragte er.

„Das war es", antwortete der trocken. „Ab diesem Zeitpunkt haben alle Kameras, welche den Verdächtigen zeigen müssten, temporäre Ausfälle. Wo die herkommen können wir uns bisher nicht erklären".

„Ich mir schon", entgegnete Collins und sah Leitch vielsagend an. „Wo war die letzte der Kamerastörungen?", wollte der Schotte wissen.

„Im Private-Terminal", sagte der Sicherheitschef, da er die Frage bereits erwartete. „Dort sind nach den Sicherheitskontrollen keine Kameras mehr installiert, um die Privatsphäre der Geldsäcke zu wahren!", erklärte er spöttisch.

„Versuchen Sie inzwischen herauszufinden, wo er hingeflogen sein könnte, wir fragen inzwischen die Kollegen von der CIA was die über ihn wissen", sagte Leitch und das „Ehepaar" verschwand gen Ausgang.

Beide waren aufgeregt wie vor einem ersten Date, schließlich hatten Sie den Mann, den Sie seit Jahren jagten, den Mann der Ihre Ehen zerstört hatte, gerade zum ersten Mal gesehen.

„Woher wollen Sie wissen, dass die beiden Typen von der CIA waren?", wollte der Sicherheitschef wissen.

„Die lächerlichen Anzüge!", riefen die beiden wie im Chor über die Schulter und verschwanden.

Little house of horrors

Rochester, USA... 1946

Ignatz saß auf der Veranda des kleinen Hauses, welches er und sein Vater vor kurzem bezogen hatten. Wie üblich war er umringt von Petrischalen, Reagenzgläsern und sonstigem Laborwerkzeug. Shlomi starrte abwesend aus dem Küchenfenster, während er den täglichen Abwasch erledigte, und beobachtete beiläufig das Treiben seines Sohnes. Er musste oft an Tamars Worte denken:

„Ignatz, du wirst etwas Besonderes, etwas ganz Besonderes", hallte es durch seinen Kopf.

„Da hattest du sowas von recht", stammelte Shlomi vor sich hin.

Shlomi fühlte sich, mit der Erziehung seines Sohnes, zusehends überfordert. Es war schwer genug, alleinerziehender Vater in der Nachkriegszeit zu sein und ein Ding der Unmöglichkeit einem kleinen Kind, die nötige Aufmerksamkeit neben seinem Job und dem Haushalt zu geben. Bei Ignatz jedoch, war die Situation, vorsichtig gesagt, um einiges spezieller.

Shlomi hatte inzwischen seit fünf Jahren eine Anstellung beim Rochester City Newspaper und schrieb Artikel über die örtlichen Sportereignisse, welche, obwohl der Krieg endlich vorbei war, aufgrund noch fehlender Spieler meist spärlich ausfielen.

Ignatz war inzwischen acht Jahre alt, hatte aber mit einem achtjährigen Jungen so viel gemein wie ein Hund mit einer Katze. Als er vier, war wünschte er sich zu Weihnachten einen Chemiekasten. Seitdem war der Junge praktisch nur am Experimentieren. Nebenbei hatte er vor einem halben Jahr die Middle School verlassen und wechselte auf die High School, welche er, wenn es so weiterginge, innerhalb der nächsten zwei Jahre abschließen würde.

„Verdammt!", schimpfte es von der Veranda.

Shlomi erwachte aus seinem Tagtraum und ging hinaus um nach seinem Sohn zu sehen. Als er um ihn herumging und gerade fragen wollte, was los sei, schreckte er zusammen.

Vor Ignatz stand ein Pflanzkübel mit einer Rose, die etwa einen Meter hoch war. Jedoch, bewegte sich selbige und die Blütenblätter schienen etwas zu kauen, das wie Speck aussah. Ignatz saß sichtlich geknickt davor, ohne zu bemerken wie sich die Pflanze langsam, schnurrend seiner Stirn näherte.

„Ignatz, was ist? Alles in Ordnung?", begann Shlomi unsicher, ohne das Gewächs aus den Augen zu lassen.

„Das Experiment ist voll in die Hose gegangen!", schrie der Knabe hysterisch.

„Aber Ignatz, du hast… du hast eine fleischfressende Rose erschaffen!", entgegnete der Vater perplex, ohne selbst zu glauben was er gerade aussprach.

„Du verstehst mich nicht!", rief Ignatz wütend, „wie immer! Sie sollte Vegetarier sein!", und zeigte auf das Stück Karotte, welches unberührt vor der Pflanze lag. Der Junge brach in Tränen aus.

Shlomi auch. Er ging hilflos und traurig zurück ins Haus, während das Schnurren der Rose, sich zu einem traurigen winseln gewandelt hatte.

A new life

Langley, USA… 2000

Es klopfte.

"Ja?", sagte Jesco abwesend, da er gerade über einem Buch, welches von General Patton handelte, saß.

Er hatte vor ein paar Monaten das Militär für sich entdeckt und verschlang seitdem sämtliche Bücher, die er zum Thema finden konnte. Besonders angetan hatte es ihm der General, den er aufgrund seiner rigorosen Ansichten einerseits und seiner Fairness andererseits faszinierend fand. Er nutzte das Studium dieser Bücher auch, um „den Tag der Wahrheit" zu verdrängen, wie er ihn nannte. Die Tür öffnete sich einen Spalt und Schwester Mary Clarance spitzte herein.

„Jesco, kommst du bitte kurz in mein Büro?", sagte sie freundlich wie immer.

„Ja, gleich", entgegnete er und es beschlich ihn augenblicklich das Gefühl, dass der Tag der Wahrheit gekommen war.

Eigentlich war alles gut. Jesco hatte seine Wutanfälle im Griff und hatte mit seinen inzwischen 17 Jahren gelernt, mit dem „übertrieben Gerechtigkeitssinn", wie die Schwester es nannte, umzugehen. Er stand kurz vor einem sehr guten High School-Abschluss und half Captain Smith in den Ferien sogar manchmal im Polizeipräsidium aus. Sein Problem war jedoch, dass er in nicht einmal zwei Wochen 18 Jahre alt wurde und das Waisenhaus dann verlassen musste. Immer wenn er daran dachte, wurde es leer in ihm, da er nur das Waisenhaus kannte und sich beim besten Willen nicht vorstellen konnte, was er ohne Schwester Mary Clarance tun sollte.

Er klappte das Buch zu und machte sich schleichend und traurig auf den Weg ins Büro. Dort angekommen klopfte er an und trat ein als es ihm geheißen wurde. Die Schwester saß an ihrem Schreibtisch, war aber nicht allein im Raum, mit ihr waren zwei Männer in Uniform anwesend.

„Jesco, darf ich dir Colonel Sanders und Sergeant Rockwell vorstellen? Sie kommen von der West Point Universität."

Er wusste nicht, wie ihm geschah und gab beiden überfordert die Hand.

„Habe nur gute Sachen von dir gehört, Junge", entfuhr es Sanders mit tiefer, autoritärer Stimme während des Handschlags.

„Ja?!", erwiderte Jesco kleinlaut.

„Captain Smith war voll des Lobes für dich", sagte Rockwell, während auch er Jesco begrüßte.

„Was kann ich für Sie tun?"

„Wir wollen etwas für dich tun", fiel Sanders ein. „Du hast gute Noten, bist zuverlässig und hast gewisse Fähigkeiten, wie man von Captain Smith hört. Kurzum, wir würden dir gerne ein Stipendium auf Westpoint anbieten, mein Sohn."

Jescos Blick ging perplex zu Schwester Mary Clarance, welche ihn lächelnd mit glasigen Augen anblickte.

„Bin dabei!", sagte er cool, jedoch innerlich vor Freude platzend.

Zwei Wochen später bog ein Taxi in die Einfahrt des St. Clairs, vor welchem Jesco mit Koffer und Schwester Mary Clarance stand.

„Es geht los", sagte Mary Clarance mit zittriger Stimme." Ich wünsche dir alles Gute der Welt."

„Danke", erwiderte er während der Taxifahrer seinen Koffer verstaute. „Ich werde dich vermissen, Mum!", fuhr es aus ihm heraus und er umarmte sie.

Beide brachen in Tränen aus und hielten sich lange fest.

Let's end this

Langley, USA… Montag

Brendan setzte sich gerade wieder an seinen antiken Schreibtisch, als sein Telefon zu klingeln begann, sein Atem stockte, als er auf das Display sah: Unbekannter Anrufer.

Die meisten Menschen würde diese Anzeige nicht nervös machen, dem Direktor der CIA jedoch wurde immer die Nummer angezeigt, selbst wenn der Anrufer selbige blockierte. Netter Nebeneffekt des guten Verhältnisses zur NSA. Er kannte nur einen Anrufer, der es vermochte die Rufnummernanzeige zu umgehen.

„Ja, bitte?", meldete sich Brendan.

Ohne Umschweife begann der Anrufer zu sprechen.

„Sie haben Feuerstein gefunden, wie ich höre".

„Ja, haben wir", sagte Brendan ein wenig stolz.

„Ich höre auch, dass sie Signore Jacobs zu ihm geschickt haben. Halten Sie das nicht für gefährlich?"

„Ich verstehe Ihre Bedenken. Ich hatte die selben. Der Plan ist, falls sie ins Gespräch kommen sollten, was ich mir nicht vorstellen kann, da Jacobs die Anweisung hat sich Feuerstein nicht zu nähern, beide aus der Luft auszuschalten. Es wird wie ein Unfall aussehen."

„In Ordnung", sagte die Stimme am anderen Ende. „Ich möchte dass Sie Jacobs, selbst wenn alles glatt geht, nach seiner Rückkehr beseitigen".

„Aber Sir, er ist der beste Killer den wir jemals hatten"

„Ich möchte dass dieser Spuk endlich ein Ende hat. Mit Feuersteins Tod existiert keine Gefahr mehr, dass jemals etwas herauskommt. Außer Jacobs kennen wir keine weiteren Subjekte, deswegen erledigt sich das Problem in ein paar Jahrzehnten von selbst. Ich will, dass Jacobs stirbt, haben Sie mich verstanden?", verdeutlichte der Anrufer.

„Verstanden, sollen wir gleich beide aus der Luft ausschalten?"

„Nein. So etwas zieht immer lange Diskussionen mit örtlichen Behörden nach sich. Versuchen Sie, es vorerst sauber zu lösen".

„Ja, eure Heiligkeit", sagte Brendan gehorsam und legte auf.

The big bang

Vatikanstadt, VAT… Montag

Der Pontifex legte sein Samsung Edge auf den Schreibtisch. Von diesem Schreibtisch aus hatten schon viele vor ihm die Geschicke der Katholischen Kirche geleitet und seit inzwischen mehr als einem Jahrhundert die Geschicke der westlichen Welt.

Papst Pius XIII dachte wie so oft an den Tag nach dem Konklave zurück, als ihm die gesamte Tragweite seiner Macht offenbart wurde.

Der erste Offizier der Schweizer Garde kam in sein Büro und begann mit den Worten:

„Eure Heiligkeit, ich wurde beauftragt, mit der „Introductio Magnus" sofort nach ihrem Amtsantritt zu beginnen".

„Die große Einführung", hallte es in Pius' Gehirn. Was er in den nächsten Stunden erfuhr raubte ihm förmlich den Atem.

Der Niedergang der römisch-katholischen Kirche begann am 31.10.1517, als Martin Luther seine 95 Thesen an die Schlosskirche zu Wittenberg anschlug. Ab diesem Tag verlor die Kirche stetig an Macht. Im Jahre 1907, als selbst die Arbeit der teils brutalen Missionierung in Asien, Afrika und Südamerika begann, weniger erfolgreich zu werden und weltliche Herrscher anfingen, immer mehr Macht zu bekommen, beschloss der inzwischen heiliggesprochene Papst Pius X das sich etwas ändern müsse.

Die Flut an Informationen war für den neuen Papst kaum zu verarbeiten.

Mit den unfassbaren Reichtümern, welche die Kirche in den Jahrhunderten angehäuft hatte, begann sein Namensvetter nach und nach, weltliche Parteien, Medien und Unternehmen mittels handverlesener Männer (Ja, liebe Freunde der politischen Korrektheit: später natürlich auch Frauen…) zu infiltrieren, welche dann, wenn sie in der entsprechenden Position waren, nach den Wünschen der Kirche handelten und somit den Status Quo, also den aktuellen Zustand sicherstellen sollten.

Als zum Beispiel in den 1930er Jahren die Macht des weltlichen Europa mit all seinen Unternehmern und Elite- Wissenschaftlern drohte zu groß zu werden, setzte Pius XI einen Mann namens Adolf Hitler ein, der es schaffte, die weltliche Macht innerhalb von ein paar Jahren zu zerschlagen.

Pius XIII musste sich immer wundern, wie leichtgläubig die Menschen doch waren. Offensichtlich hatte sich nie jemand gefragt, wie ein kleiner, aus einfachen Verhältnissen, stammender Österreicher es schaffen konnte, innerhalb von ein paar Jahren zu einem der mächtigsten Männer der Welt aufzusteigen.

Da solche Machenschaften unmöglich immer geheim gehalten werden konnten, begann Pius X, Killer in allen Herren Länder zu etablieren, welche die falschen Mitwisser innerhalb kürzester Zeit exekutieren.

Den besten der Geschichte hatte Pius XIII gerade zum Abschuss freigegeben.

Reunion

Röslau, BRD... Montag

„Lassen Sie sich in kein Gespräch verwickeln! Hinterlassen Sie keine Aufzeichnungen!", hallte es in Jescos Gehirn, als er durch sein Zielfernrohr wieder die Stirn des alten Mannes anvisierte. Brendan schien es wichtig zu sein und er hatte noch nie einen seiner Befehle in Frage gestellt. Sein Finger am Abzug fing unvermittelt an zu zittern, die leichte Brise trieb ihn die Gerüche der unverfälschten Natur in die Nase und ihn beschlich aus irgendeinem Grund wieder das Gefühl zu Hause zu sein. Er fing an zu schwitzten, er sah Schwester Mary Clarance vor sich, die wie so oft sagte:

„Jesco, Nein!"

Er setzte ab. Er nahm die Baretta aus dem Kofferraum und schlich Richtung Haus. Während er sich so leise wie möglich vorarbeitete, zerplatzte ihm förmlich der Kopf:

„Warum habe ich nicht abgedrückt? Was ist das für ein Ort? Wer ist der Typ? Warum fühle ich mich so beschissen?"

Er stand vor der Haustür und öffnete sie, wie er es immer tat, vollkommen geräuschlos. Der Hausflur war in seichtem, schummrigem Licht erhellt, welches vom oberen Stock einfiel. Er tastete sich mit seinen Stiefeln vorsichtig vor, um dem alten Parkett kein Geräusch zu entlocken. Das Mobiliar war, soweit er es bei den Lichtverhältnissen beurteilen konnte, ordentlich, jedoch sehr alt. Durch das augenscheinliche Wohnzimmer bewegte er sich langsam zu dem Zimmer hin, in dem der Alte saß. Mit vorgehaltener Waffe durchquerte er den Türstock und sah das lichte Haar seines Zieles über die Lehne des Ledersessels hervorragen.

„Nein!", kreischte es hinter ihm. Als er sich umdrehen wollte, hing etwas ziemlich leichtes, wohl Duftendes an seinem Rücken und fing an ihn zu würgen. Er lief rückwärts, aus irgendeinem Grund nur halbherzig, gegen den Türstock, jedoch ließ sein Anhängsel nicht los. Als es ihm zu bunt wurde, griff er mit einer Hand über, packte etwas, das sich wie ein Schlafanzug anfühlte, und schleuderte Adessa über seinen Kopf hinweg, begleitet von einem kurzen Kreischen, zu Boden. Jesco richtete die Waffe auf die verängstigte Frau, welche ihn panisch, jedoch voller Verachtung anblickte. Jesco bekam ihren Geruch nicht mehr aus der Nase, sah in ihre wunderschönen blauen Augen, welche teilweise von ihren brünetten Haarsträhnen verdeckt waren.

Plötzlich riss ihn eine beruhigende Stimme aus seiner Trance: „Jesco, bitte nicht… lass dir alles erklären!"

Jesco blickte zu dem Alten auf und wusste nicht wie er zu folgendem Ausspruch kam:

„Dad!?"

Don't trust anyone

Langley, USA… Montag

Leitch klopfte an der Bürotür. Sie hatten Fragen wegen der Trauerschleife gestellt und das Büro der CIA verwies ihn und Collins an den Director of secret operation, Phillip Morris. Am Telefon wollte dieser sich nicht äußern und bestellte beide in sein Büro.

Auf Geheiß öffnete Collins die Tür, das „alte Ehepaar" trat ein und stellte sich vor.

„Herzlich willkommen", begrüßte Morris sie, „was kann ich für Sie tun?"

„Ich bin mir sicher, Sie haben die Aufnahmen vom Gesuchten gesehen", sagte Leitch.

„Und die schlecht angezogenen Vögel, die mit ihm gesprochen haben, waren doch von Ihnen", warf Collins ein.

„Wir müssen anscheinend unseren Kleidungsstil überdenken", sagte Morris salopp, „darf ich Ihnen eine Drink anbieten?"

Beide bejahten aufgrund der üppig ausgestatteten Bürobar. Als alle drei anstießen, fuhr Morris fort:

„Beim Gesuchten handelt es sich um einen Auftragskiller namens Jesco Jacobs, ich habe ihm schon hundertmal gesagt, er soll den Scheiß mit der Trauerschleife lassen."

„Sie kennen den Typen?", fragte Collins perplex.

„Natürlich, wir haben ihn ja angeheuert", erwiderte Morris.

Collins und Leitch merkten wie ihnen schwarz vor Augen wurde…

Too much information

Röslau, BRD… Montag

"Nicht ganz", sagte Professor Feuerstein.

Jesco ließ von Adessa ab und sah Ignatz fragend an.

„Du kennst diesen Gestörten?", fragte Adessa verwirrt, während sie sich aufrappelte und in einem der alten Ledersessel niederließ.

„Wer sind Sie und warum steht eine Urne mit meinem Namen auf diesem Regal!?", wollte Jesco mit Nachdruck wissen.

„Ich habe nicht geglaubt, dass ich dieses Gespräch noch jemals führen muss", begann Prof. Feuerstein nachdenklich. „Ich habe dich geschaffen".

„Wie meinen Sie das, Sie Verrückter? Sie kennen meine Mutter und meinen Vater?", regte sich Jacobs auf.

„Ich kenne sie alle… und du auch, Jesco. Du wurdest aus verschiedener DNA nach gewünschten Eigenschaften im Labor kreiert. Es handelt sich um ein von mir entwickeltes Verfahren, welches auf der klassischen Genforschung basiert.

Meine Arbeit begann in den 50er Jahren in Harvard im Auftrag der CIA und ich forschte dort fast 20 Jahre an Möglichkeiten gewisse Fähigkeiten am Menschen zu forcieren. Als ich jedoch 1972 unter Druck gesetzt wurde „Supersoldaten" für den Vietnamkrieg zu züchten, flüchtete ich. Daraufhin fand mich eine Organisation, die sich „Die Befreier" nannte. Wie ich lernte, eine kleine Gruppe von Gelehrten, welche herausfanden dass die Katholische Kirche Machtpositionen auf der ganzen Welt infiltrierte, um diese so im Hintergrund zu beherrschen. Sie setzten mich über den sogenannten Status Quo in Kenntnis, welcher die Macht der Kirche aufrechterhielt."

Jesco verstand nur Bahnhof. „Sind Sie auf Drogen alter Mann?"

„Manchmal wünschte ich, es wäre so", fuhr der Gescholtene fort. „Als ich alles über den Status Quo erfahren hatte, wollte ich den Befreiern helfen etwas dagegen zu tun. Wir erschufen sieben Kinder, welche nach ihrer Ausbildung auf jedem der sieben Kontinente für ein Ende des Status quo sorgen sollten und anschließend den Menschen auf der Welt helfen sollten, gerechte Regierungen zu bilden.

Als ihr noch kein halbes Jahr alt wart, mussten wir flüchten, ohne jemals die Möglichkeit zu haben, euch alle eure Fähigkeiten lehren zu können, da wir von der Kirche aufgespürt worden waren.

Die Befreier brachten euch in Waisenhäusern auf allen Kontinenten unter, damit ihr nicht gefunden werdet, und in der

Hoffnung, dass ihr eines Tages trotzdem die Welt zum Guten verändert.

Ich bin bis heute auf der Flucht. Als ich mich hier niederließ, ließ ich für jeden von euch eine Urne anfertigen, um selbst Frieden zu finden."

Jesco wurde es zu bunt. Er sprang auf, packte Feuerstein am Kragen und drückte ihn an eines der Bücherregale.

„Hören Sie auf mir so eine Scheiße zu erzählen! Wir sind hier doch nicht in einem Roman von Dan Brown!", schrie er ihn an und drückte ihm die Gurgel zu, das Ignatz Tränen in die Augen schossen. Eine sanfte Hand berührte ihn am Nacken.

„Ich konnte mir nicht vorstellen jemals eines dieser Kinder zu treffen, aber es stimmt, anscheinend bist du eines der Kinder welche die Welt retten sollten."

Adessa sah ihn mit feuchten Augen an und Jesco ließ los.

Enough is enough

Langley, USA… Montag

"Herein", sagte Brendan und Morris öffnete die schwere dunkle Holztür.

„Sir, ich wollte Sie persönlich darüber informieren das wir bisher noch keine Info von Jacobs aus Deutschland haben. Laut dem GPS des Mietwagens ist er vor 30 Minuten am Zielort eingetroffen."

„Kommen Sie mit"

Beide verließen das Büro und gingen den Flur entlang zum nächsten Aufzug. Sie betraten selbigen und Brendan betätigte den Knopf für das Kellergeschoß. Der Aufzug öffnete sich und beide bogen nach rechts ab. Nach einem längeren Flur, bogen beide links ab und Morris blieb plötzlich stehen.

„Sir, was wollen wir hier?"

„Ich werden den Spuk ein für alle Mal beenden", sagte Brendan und ging auf eine schwere Eisentür am Ende des Ganges zu.

A big happy family

Röslau, BRD… Dienstag

Jesco saß in dem alten Sessel, in welchem vorher Adessa gesessen hatte, und fühle sich zum ersten Mal seit Verlassen des Waisenhauses vollkommen hilflos, verwirrt und überfordert. Professor Feuerstein erzählte ihm, was er vom Status Quo wusste. Er erfuhr, wie er und seine sechs Geschwister erschaffen wurden.

„Ihr wurdet alle aus der DNA von jeweils elf besonderen Individuen geschaffen, welche allesamt die Menschheit zum Positiven verändert haben. Mein Ziel war es Menschen zu erschaffen, welche den Intellekt, die Stärke und das Durchsetzungsvermögen besitzen, die Welt zu regieren, dabei jedoch nie zu machthungrigen Herrschern werden, sondern es verstehen das Leben der Menschheit umsichtig im Hintergrund, in geordnete Bahnen zu lenken.

„Wer sind meine Eltern?", Jesco blickte kurz auf.

„Es waren, wie schon gesagt, allesamt außergewöhnlich Persönlichkeiten:

- Johann Vandewalle: Ein Sprachgenie, da es dir leicht fallen sollte die verschiedenen Sprachen der Menschen zu lernen.

- Albert **E**instein: Er hat dich mit unfassbarer Grundintelligenz ausgestattet.

- Albert **S**chweitzer: Von ihm hast du dein Streben nach Frieden und Gerechtigkeit.

- Johnnie **C**arr: Er befeuert dein Widerstandsvermögen gegen Ungerechtigkeit

- Yoko **O**no: Auch durch sie strebst du nach Frieden, hauptsächlich ist sie jedoch für deinen Stolz verantwortlich

- **J**oe Lewis: Von ihm hast du dein Talent für Kampfsport.

- **A**gnes Gonxha Bojaxhiu: Wegen „Mutter Teresa" hast du Mitleid.

- Marie **C**urie: Sie hat dir ihr Wissen über Chemie vermacht.

- **O**siris: Sie war die Ägyptische Göttin des Totenreichs. Ihre DNA fand ein befreundeter Archäologe, während Ausgrabungen in Gizeh.

- **B**ert Bell: Er war ein genialer Industricmagnat und Gründer einer American Football Mannschaft"

„ Jetzt weiß ich auch warum ich Eagles Fan bin obwohl die nie was gewinnen!" warf Jesco ein. (Einwurf des Autors: „Super Bowl LII, Baby!!")

Ignatz grinste und sagte: „Zu guter Letzt:

Norman **S**chwarzkopf: Er ist einer der größten Strategen unserer Zeit."

„Schwarzkopf ist aber doch ein Arschloch", warf Adessa ungläubig ein.

„Das mag sein", erwiderte Feuerstein trocken. „Jedoch war genau das die Krux an meiner Methode. Ich konnte aus der DNA die guten Eigenschaften vererben und die vermeintlich schlechten oder unerwünschten aussparen. Denn wenn man bedenkt, dass selbst Hitler, um ein extremes Beispiel zu nennen, viele gute Eigenschaften für einen Anführer hatte, überwogen doch die schlechten. Dieses Problem konnte ich lösen, indem es mir gelang bestimmte Teile des Erbgutes zu isolieren."

Professor Feuerstein hatte gerade ausgesprochen, als Jesco aufsprang: „Haben sie irgendwo einen Keller!?"

„Wie bitte?", Ignatz verstand nicht.

„Gibt es hier auf dem Grundstück einen Keller!?!"

„Ja, das Haus ist unterkellert und unter dem Schuppen gegenüber ist ein alter Kohlekeller, aber warum?"

„Jesco packte beide am Kragen, zog sie stolpernd durch den Flur zur Haustür hinaus. Adessa vernahm nun ein leises, jedoch lauter werdendes Pfeifen. Jacobs riss die Schuppentür auf und leuchtete mit seinem Handy nach dem Zugang zum Keller. In der Mitte des unaufgeräumten Schuppens fand er eine alte Falltür. Er riss sie auf, schubste seine beiden keuchenden Gefährten den Gang hinab. Nachdem er die Klappe über seinem Kopf geschlossen hatte, ertönte plötzlich ohrenbetäubender Lärm, alles fing zu beben und zu vibrieren an. Alle drei kauerten auf dem Kellerboden.

Was sie nicht sahen… die Trümmer von Ignatz' Haus brannten lichterloh.

The last one

Langley, USA… Dienstag

Collins schlug die Augen auf.

„Was zum Teufel?" Sein Schädel dröhnte und es war dunkel.

Ein kleiner Spalt ließ einen feinen Lichtstrahl in den feuchten, muffigen Raum. Er sah die Silhouette von Leitch reglos neben sich und fing an, ihn zu stupsen. Nach einigen leichten Tritten gegen die Seite, regte er sich.

„Leck mich am Arsch", stöhnte Leitch und richtete sich langsam auf. „Wo sind wir?"

„Keine Ahnung", erwiderte Collins. „Aber ich glaube wir haben ein Problem".

Beide standen langsam auf, als ein Ruck sie plötzlich wieder auf den Boden beförderte.

„Wir fahren!", stellte Collins fest.

„Logisch, die werden uns ja kaum im CIA-Gebäude entsorgen. Ihr Jungs arbeitet in eurem Land aber super zusammen."

„Leck mich", sagte Collins. „Morris muss für jemanden anderen arbeiten, denn so schlecht verstehen sich FBI und CIA auch wieder nicht!"

„Vielleicht ist er bei einem Tabakkonzern, die bringen doch eh alle um", sagte Leitch und steckte sich eine Marlboro an.

„Musst du jetzt rauchen?", echauffierte sich Collins.

„Könnte meine Letzte sein", sagte Leitch und zog genüsslich.

Ein weiterer Ruck deutete den beiden an, dass das Fahrzeug stehenblieb. Als sich beide nervös ansahen, hörten sie Autotüren schlagen. Leitch suchte fieberhaft nach einer Waffe, während Collins sich bereit machte die Tür von innen ruckartig aufzustoßen, sobald selbige entriegelt würde. Sie hörten zwei Stimmen, die offensichtlich um das Auto liefen. Hinter ihrem „Gefängnis" hörten sie ein Motorengeräusch und das Schleifen von Bremsen.

„Schmeiß es rein und wir fahren", hörten sie von draußen. Als ein kleiner Schieber oben links an der Tür aufging und etwas hindurchflog, hechteten beide instinktiv in Richtung Führerhaus, krümmten sich und pressten ihre Hände über den Kopf. Mit einem leichten Klacken schlug der Gegenstand auf dem Transporterboden auf. Collins Leben zog an ihm vorbei, Leitch roch den Rauch seiner fallengelassenen Zigarette und überlegte, ob ihm noch Zeit blieb noch einmal zu ziehen.

Nach einer gefühlten Ewigkeit öffneten beide ihre zusammengekniffenen Augen. Collins meinte, etwas Rechteckiges am Boden ausmachen zu können, und tastete vorsichtig danach. Es fühlte sich nach einem Karton an. Er nahm und öffnete etwas verdutzt das eckige Etwas. Er ertastete einen länglichen metallenen Gegenstand mit leicht geriffelter Oberfläche. Vorsichtig tastete er das kalte Metall ab.

„Was zum Teufel ist das?", hörte er Leitch hinter sich keuchen. Collins spürte etwas Rundes, Gummiartiges drückte instinktiv darauf und erschrak.

Das Innere der Ladefläche war plötzlich hell erleuchtet.

„Warum geben die uns eine scheiß Taschenlampe, verdammt?!", hörte der blinzelnde Collins seinen Kollegen hinter ihm fluchen.

„Damit wir was sehen", sagte er trocken. Er drehte den Karton um. Heraus fielen ein Schlüssel und ein gefaltetes Stück Papier. Während er das Blatt entfaltete, schraken beide zusammen, als ein lauter Piepton zu hören war, welcher offensichtlich aus der Fahrerkabine kam. Collins begann zu lesen:

„Sehr geehrte Herren,

hier ist der Schlüssel zur Tür. Sie befinden sich am Stadtrand von Langley, Ihre Handys können Sie im Hotel Staybridge Suits in Empfang nehmen, wir haben uns auch erlaubt Ihnen dort Zimmer zu reservieren."

Ein zweites lautes Piepsen ertönte, es ließ die beiden wieder zusammenzucken.

„ Aufgrund Ihrer Positionen und Ihrer Beziehungen möchte ich Ihnen anbieten sich unserer Organisation anzuschließen. Sollten Sie Interesse haben, wissen Sie, wo Sie mich finden. Ich kann Ihnen garantieren, dass Sie diesen Schritt weder finanziell noch in Bezug auf Ihre Lebensqualität bereuen werden."

Collins und Leitch sahen sich ungläubig an.

„Für den Fall, dass Sie sich gegen eine Zusammenarbeit entscheiden, möchte ich Ihnen ans Herz legen, über das Vorgefallene bzw. über das, was Sie glauben zu wissen, aus drei Gründen kein Wort zu verlieren:

1. Niemand glaubt Ihnen.

2. Wir sind überall und schätzen es nicht, angegangen zu werden.

3. Wir töten Sie und jeden, den Sie jemals kannten.

Dieser Brief wird aufgrund einer Säurebeschichtung in spätestens zehn Minuten nicht mehr lesbar sein, Sie müssen ihn also nicht mitnehmen… und waschen Sie sich ihre Hände.

Ich wünsche Ihnen noch einen angenehmen Abend.

Mit freundlichen Grüßen

P. Morris

P.S.: Fünf Sekunden nach dem dritten Piepsen explodiert der Van."

Leitch stieß einen Schrei aus, griff
nach dem Schlüssel während er schon den
dritten Pieps vernahm. Das Schloss klack-
te, beide stießen die Tür auf und sprangen
aus dem Fahrzeug. Als sie noch keine fünf
Meter entfernt waren, erfasste beide eine
Druckwelle, welche sie einige Meter nach
vorne schleuderte und im Kies des Seiten-
streifens unsanft landen ließ.

That was close

Röslau, BRD… Dienstag

"Alles OK?", fragte Jesco.

Adessa und Ignatz stießen beide etwas Unverständliches aus, weshalb er davon ausging, dass beide in Ordnung waren. Er versuchte die Klappe zu öffnen, indem er dagegen drückte… sie bewegte sich keinen Millimeter.

„Wir sitzen hier erstmal fest", befand er, schaltete seine Handylampe an und sah sich um. Adessa saß zitternd mit verweinten Augen auf dem Boden. Jesco ging vor ihr in die Knie.

„Alles klar?", fragte er ruhig.

Adessa sah ihn an und begann zu schluchzen.

„Was war das!?", schrie sie ihn an.

Jesco nahm ihre Hand. „Ich bestätige eine Tötung immer innerhalb kürzester Zeit. Seit meiner Ankunft ist mindestens eine Stunde vergangen. Sie gehen davon aus, dass ich alles weiß, deshalb wollten sie es auf die ruppige Art beenden. Ich bin gespannt, wie sie das den deutschen Behörden erklären."

„Mit dem Absturz eine Jets beim Manöver, wie immer. Wollen die Herrschaften mir bitte folgen?"

Jesco drehte die Lampe in Richtung der Stimme. Ignatz Feuerstein stand, die einladende Geste eines Butlers immitierend, vor einer Tür, welche hinter einem Schrank verborgen war.

Watch your mouth

Jalrez, AFG… 2008

Jesco lief links neben General Winston, dem Oberbefehlshaber des Afghanistan-Einsatzes, in voller Montur her. Ihn nervte die Arschkriecherei, wie er sie nannte. Winston wählte stets nur die vier besten und hochdekoriertesten Soldaten bei Besuchen in Jalrez zu seinem Schutz aus. Jesco wollte viel lieber einen richtigen Auftrag erledigen. Beim gemächlichen Marsch durch die Innenstadt von Jalrez (bei einer Schweinehitze wohlgemerkt), dachte er über die Zeit nach, welche seit seinem Verlassen des Waisenhauses vergangen war.

Inzwischen war es acht Jahre her, seit Schwester Mary Clarance ihn das letzte Mal in den Arm nahm. Sie schrieben sich gelegentlich Briefe, aber gesehen hatten sie sich nie wieder. Zu seinem Abschluss in West Point konnte sie wegen einer Krankheit nicht kommen, schrieb sie. Er war sich jedoch nicht sicher, ob sie einfach wegen seines zukünftigen Jobs nicht kam. Bei seinem Abschluss erhielt er eine Sonderauszeichnung als der beste Kadett aller Zeiten. Während der Ausbildung zeigte er unglaubliche Fähigkeiten, sowohl im akademischen, vor allem aber auch im taktischen Bereich.

Die Einheimischen verschwanden wie immer in ihren Häusern, als die „Karawane" mit General Winston in ihre Sichtweite kam. Er hatte den Ruf eines erbarmungslosen Besetzers anstatt des von der Regierung propagierten Befreiers. Er nahm sich, was er wollte (vor allem junge Frauen)und seine wöchentlichen „Kontrollgänge" durch Jalrez versetzten die Bevölkerung in blankes Entsetzen. Jesco hasste Winston abgrundtief, hatte aber in Westpoint gelernt, zu welchem Team er gehörte, und befolgte seine Befehle.

Als die fünf die Innenstadt fast passiert hatten, kam eine kleiner, abgemagerter, in Lumpen gehüllter Junge aus einer Seitenstraße langsam auf sie zu. Er hielt ein Blatt in der Hand und sah zu Jesco auf. Selbiger gab mit gehobener Faust das Zeichen zum Halt. Winston blieb stehen und die drei anderen richteten ihr Gewehr auf den Kleinen. Der Bub blieb verängstigt stehen und hob die Hände, in seiner Linken das schmutzige Papier. Jesco ging auf ein Knie und gab ihm zu verstehen, dass er näherkommen könne. Der Junge tat wie ihm geheißen und streckte Jesco das Papier entgegen. Als er es sah, begann er sofort zu grinsen. Der Junge hatte eine amerikanische Flagge gemalt (Die Sterne waren auf der falschen Seite wie bei der Uniform), darunter stand in krakliger Schrift: „TANK YOU!"

„Jesco", sagte Selbiger und zeigte auf seine Brust, dann deutete er auf den Jungen.

„Sher", erwiderte dieser mit zittriger Stimme.

Jesco drehte sich zu Winston um und sagte: „Sir, mein neuer Freund Sher möchte ihnen etwas schenken."

Winston nickte und die drei anderen senkten die Läufe ihrer Waffen. Jesco gab Sher das Bild zurück und dieser gab es Winston. Was dann folgte, würde Jesco in den kommenden Jahren im Traum verfolgen:

Winston sah auf das Bild, grinste spöttisch, zerriss es und rief in gebrochenem Dari:

„Ihr seid alle Dreck! Ihr gehört mir und werdet euch noch wünschen, dass die Taliban noch hier wären!"

Daraufhin spuckte er Sher ins Gesicht.

Als Jesco sich erschrocken umsah, sah er entsetzte Frauengesichter, angewiderte, traurige Männergesichter und Sher, dessen Augen sich mit Tränen gefüllt hatten.

In diesem Moment brannten Jesco die Sicherungen durch… mit unglaublicher Schnelligkeit entwaffnete er seine drei Kollegen und schlug sie K.o. Plötzlich war am ganzen Platz eine Totenstille. Jacobs drehte sich zu Winston um und bemerkte, wie ihm selbst Tränen die Wangen hinabliefen. Winston sah ihn perplex an und keifte:

„Jacobs, sie Stück Scheiße, Sie sind geliefert!"

Jesco ging langsam auf den General zu und öffnete die Sicherheitsschnalle seiner Messerscheide. Winston stolperte nach hinten und fiel auf seinen Hintern.

„Was haben Sie vor, Sie krankes Arschloch!?"

Jacobs nahm ihn am Hals, Winston riss den Mund auf, um nach Luft zu schnappen, als er merkte, wie seine Zunge gepackt wurde. Dann schmeckte er nur noch Blut und begann, schrill zu schreien. Jesco hatte General Winston die Zunge abgeschnitten und stand keuchend mit Tränen verschmiertem Gesicht über ihm.

Als er sich umdrehte, sah er Sher wimmernd am Boden sitzen. Er zog die blutverschmierten Handschuhe aus, kniete sich vor den Jungen und sagte in perfektem Dari:

„Danke, Sher, du hast mir die Augen geöffnet!"

Jesco stand auf und ging ohne sein Gewehr einfach weg. Als er spürte, wie die Tränen auf seinem Gesicht von der heißen Luft getrocknet wurden, vernahm er hinter sich vereinzeltes Klatschen.

Afraid of the dark?

Röslau, BRD… Dienstag

Jesco und Adessa gingen geduckt hinter Ignatz her. Im Schein der Handylampe wirkte das Gewölbe, durch das sie schritten, gespenstisch.

„Was ist das hier?", fragte Jesco erstaunt.

„Röslau hat wie viele Orte in Deutschland ein Schloss, welches über unterirdische Gänge mit, für den jeweiligen Herrscher, wichtigen Gebäuden verbunden war. Mein Haus war früher ein Bauernhof, durch diesen Gang wurden im Ernstfall Lebensmittel ins Schloss geschafft. Ich bin den Gang noch nie ganz abgelaufen, aber normalerweise müsste in etwas mehr als einem Kilometer das Schloss sein", erklärte Ignatz.

Teile der Gewölbe waren im Laufe der Jahrhunderte offensichtlich eingestürzt, aber immer noch passierbar. Nach ungefähr einem Kilometer ging plötzlich das Licht aus.

Adessa begann zu wimmern: „Was sollen wir jetzt tun?"

„Weitergehen", sagte Jesco trocken.

„Ja und versuchen, nicht auf die ganzen Kriechtiere zu treten, von denen es hier unten wimmelt", bemerkte Ignatz, dessen Grinsen man förmlich vor sich sah.

Adessa versuchte nach ihm zu schwingen, traf aber nur etwas das wahrscheinlich eine Wurzel war, die durch die Decke kam.

„Jetzt mal im Ernst: Ich stehe in der richtigen Richtung. Ignatz, du packst meinen Gürtel, Adessa, du den von Ignatz. Dann laufen wir vorsichtig weiter. Irgendwann muss ja was kommen."

Das Trio schlich langsam voran. Nach ein paar Minuten hatten sie sich langsam an die Art und Weise ihrer Fortbewegung gewöhnt und kamen zügiger voran.

Adessa fragte sich gerade, ob das hier alles ein schlechter Witz sei, als sie unvermittelt stolperte. Jesco fluchte und Ignatz schrie vor Schmerz, als sich Adessas Knie in seine Seite bohrte. Alle drei rafften sich auf. Jesco war als Erster gestolpert und die beiden anderen waren über ihn gefallen.

„Alles OK?", flüsterte Jesco.

„Ja", erwiderten beide.

Jacobs tastete und fühlte jede Menge Geröll.

„Rührt euch nicht vom Fleck, ich versuche zu ertasten, wo wir hin müssen."

Jesco begann in der absoluten Dunkelheit zu kriechen wie ein Kleinkind. Die Steine, die er spürte, wurden mehr und mehr. Er merkte, wie das Kriechen allmählich zum Klettern wurde. Immer wieder gaben Brocken unter ihm nach und rollten nach unten.

„Vorsicht! Geht ein Stück zurück", mahnte er.

„Sei vorsichtig!", erwiederten die anderen.

Da das Gewölbe keine drei Meter hoch war fragte, sich Jesco allmählich, wie lange es noch nach oben gehen kann, als sein Kopf schon donnernd an der Decke anschlug.

„Scheiße!", stieß er aus und spürte, wie ihm Blut den Hinterkopf hinablief.

„Was ist los!? Jesco!", rief Adessa.

Jesco antwortete nicht.

Ice cold

Mannheim, BRD… 2008

Er schlug die Augen auf. Seine Zellentür öffnete sich.

„Frühstück, Jesco."

Es war sein Lieblingswärter Sergeant
Cook. Inzwischen war er seit drei Monaten
im Militärgefängnis der US Army in Mannheim.

Nach dem Zwischenfall mit General Winston dauerte es keine zwei Stunden, bis die
MP ihn außerhalb von Jalrez bei einem Bier
aufspürte. Er ging ohne Gegenwehr mit und
auch die MP behandelte ihn gut, da insge-
heim jeder Winston hasste. Er wurde zur
Untersuchungshaft nach Mannheim gebracht,
wo er nun auf seine Verhandlung wartete.

So schlecht, fand er, war das Leben
hier gar nicht. Die Häftlinge ließen ihn
in Ruhe, da sie panische Angst vor ihm

hatten, und die Wärter erfuhren schnell dass er einer der höchstdekorierten Soldaten der Geschichte war. Sergeant Cook war ein freundlicher junger Mann, der Jesco mehr als Gast denn als Insasse behandelte. Jacobs verbrachte seine Zeit mit Training an den Gewichten und dem Lesen. An diesem Morgen herrschte in Mannheim bestes Sommerwetter. Nach dem Frühstück setzte sich Jesco auf eine Bank im Innenhof und begann zu lesen: „Harry Potter und der Feuerkelch" -er liebte diesen kleinen Zauberer.

Als Harry gerade zu einem der Teilnehmer des trimagischen Turniers auserwählt wurde, schreckte Jesco hoch. Cook torkelte mit weit aufgerissenen Augen auf ihn zu und verlor sein Gleichgewicht. Jesco fing in auf, der Sergeant schlief ein. Jesco blickte hoch und sah „Tiny Joe", mit einem Eispickel in der Hand, grinsend zu ihm hinüberblicken.

Am nächsten Morgen wachte Jesco in Einzelhaft auf und zu seiner Anklage wegen

schwerer Körperverletzung war Mord dazuge-
kommen.

Your enemy`s enemy...

Langley, USA... Dienstag

Collins und Leitch saßen frisch geduscht in der Hotelbar der Staybridge Suits und der Whisky Sour war scheiße. Aus den Boxen der modern eingerichteten Hotelbar dröhnte aber wenigstens keine Elektromusik, sondern gepflegter Blues. Beide saßen still, vor sich hinstarrend und nippten zwischendurch an den Gläsern. Beide wussten, dass sie über dasselbe nachdachten.

„Scheiße, was machen wir? Der Typ spinnt doch!", begann Leitch.

„Wir müssen Jacobs finden", erwiderte Collins in sich gekehrt.

„Das müssen wir schon seit Jahren. Jetzt wissen wir nur, wie er heißt", bemerkte Leitch.

„Ich glaube, er kann uns helfen", stammelte Collins.

Sein Kollege sah ihn ungläubig an: „Zur Zusammenfassung: Du denkst, dass der Massenmörder, der auch den Vizepräsidenten der USA umgebracht hat und den wir seit Jahren jagen, uns helfen will… haben die dir Scotch in deinen Whisky Sour oder was!?"

Collins blieb ruhig. „Der obdachlosen Frau, der er geholfen hat… er ist kein Massenmörder, zumindest kein normaler. Dieser Morris zieht da die Fäden. Ich glaube er benutzt ihn nur."

Leitch dachte nach… er hasste es, wenn er spürte, dass Collins recht hatte: „Na dann suchen wir Jesco Jacobs".

Light is life

Röslau… BRD, Dienstag

"Jacobs!"

Adessa und Ignatz tasteten wild in der Dunkelheit umher.

„Wo bist du?!"

Nach einer gefühlten Ewigkeit spürte Adessa einen Fuß.

„Ignatz, er bewegt sich nicht!"

„Nichts machen, wir wissen nicht, wie er liegt!", antwortete Ignatz.

„Mami, nur noch fünf Minuten!", hörten sie es von oben stöhnen.

„Jesco!", quietschte Adessa. „Geht es dir gut?"

„War schon schlechter", erwiderte der Gefragte, „aber wir sitzen fest. Der hohle Klang war mein Kopf an der Decke."

„Was machen wir jetzt", fragte Ignatz verdutzt. „Zurück?"

„Wahrscheinlich bleibt uns nichts anderes übrig, aber lasst uns ein paar Minuten verschnaufen", entgegnete Jesco.

Plötzlich fiel Licht auf ihre Gesichter. Sie sahen sich an und fingen an wie aus einem Hals um Hilfe zu rufen. Nach kurzer Stille rief eine Stimme:

„Hallo?"

Sie wussten, dass sie gerettet waren.

Yummy

Mannheim, BRD... 2008

Jesco saß in seiner Zelle und konnte das geschockte Gesicht von Sergeant Cook nicht vergessen. Immer wieder tauchte er mit weit aufgerissenen Augen, blutüberströmt vor seinen auf. Die ständige Ruhe in Einzelhaft seit nunmehr vier Tagen machte ihn wahnsinnig. Nicht mal seine Harry Potter Bücher hatten sie ihn mitnehmen lassen! Er saß die meiste Zeit am Boden und dachte über seine Vergangenheit nach. Es machte ihn rasend, dass er so ein Gerechtigkeitsfanatiker war und sich deshalb regelmäßig sein Leben verbaute.

Die Klappe seiner Zellentür öffnete sich und ohne Worte wurde das Tablett mit dem Mittagessen hindurchgeschoben, er nahm selbiges und die Klappe ging knarrend wieder nach oben. Als er sich an seinen kleinen Tisch gesetzt hatte, nahm er die Blechhaube von seinem Essen und sein Atem stockte.

Er blickte auf ein Filetsteak von mindestens 400 Gramm, mit Kräuterbutter und Speckbohnen. Sein Leibgericht! Seitlich unter dem Teller klemmte ein Zettel, er faltete ihn auf und las:

„Jesco, das Arschloch hatte es verdient, genau wie General Winston! Guten Appetit… Die Wärter"

Jesco spürte, wie seine Mundwinkel nach oben gingen, und begann zu essen.

Eine halbe Stunde später lag er zufrieden lächelnd auf seiner Pritsche. „Es war einfach perfekt", dachte er sich.

Plötzlich öffnete sich die Tür. Durch das Gegenlicht konnte er nur die Silhouette eines schlecht sitzenden Anzugs erkennen.

„Mr. Jacobs, ich bin Phillip Morris von der CIA, persönlicher Assistent von Direktor Brendan", stellte sich der Mann vor während er eintrat.

„Dass Sie von der CIA sind, hab' ich mir fast gedacht." Jesco ließ seinen Blick auffällig über den Anzug schweifen.

Brendan ignorierte die Anspielung und sagte: „Der Direktor möchte mit Ihnen sprechen." Er streckte Jacobs sein Handy entgegen.

Sounds funny

München, BRD… Mittwoch

Collins und Leitch liefen durch die Ankunftshalle des Münchner Flughafens.

Am Abend vorher hatten sie einen Anruf vom Sicherheitschef des JFK Airport in New York bekommen. Er hatte sich wie besprochen die möglichen Flugziele von Jacobs angesehen. Während des infrage kommenden Zeitfensters gab es von Terminal 1 Maschinen nach Rio, Toronto, Paris, Shanghai, Hawaii und Moskau sowie einen Privatjet, der nach Munchen flog. Dieser wurde von der CIA gechartert und als Kontaktperson auf dem Vertrag stand der Name Phillip Morris. Collins und Leitch bestiegen die nächste Maschine nach München.

„So, und jetzt?", Beide überlegten wie es nun weitergehen sollte.

„Vielleicht sollten wir zur Flughafensicherheit und uns die Bänder ansehen.

Möglicherweise ist er da aufgetaucht", meinte Leitch.

„Wahrscheinlich das Beste, ich glaube aber nicht das die hier in München mehr Kameras im VIP Bereich haben wie in New York", entgegnete Collins pessimistisch.

Die beiden machten sich auf in Richtung Flughafenverwaltung. Als sie durch die Hallen schritten, blieb Collins plötzlich vor einer der Infotafeln, auf welchem immer die neuesten Nachrichten liefen, stehen. Er sah Luftbilder von einem brennenden Anwesen, konnte aber die Untertitel nicht lesen, da diese in Deutsch durchliefen.

„Warte mal", meinte er zu Leitch, „ist meistens eine Schleife. Dasselbe müsste gleich auf Englisch kommen."

Zwei Minuten später war es so weit. Der Untertitel erklärte, dass es in Röslau, Oberfranken, den Absturz eines Air Force Jets gegeben hatte. Der Pilot verlor aufgrund eines technischen Defekts bei einem Manöver die Kontrolle über sein Flugzeug und musste sich mit dem Schleudersitz retten. Leider krachte der Jet in ein Anwesen am Ortsrand, welches vollständig zerstört wurde. Ob es Todesopfer gab, war noch unklar. Es folgten ein paar kurze Interviews mit Ortsansässigen, die sich offensichtlich über die ständigen Manöver der ehemaligen Besetzungsmächte aufregten. Einer sagte, er hoffe, dass dem Professor nichts passiert sei.

„Findest du es auch komisch, dass ein Air Force Jet bei einem extrem unwahrscheinlichen Absturz genau ein kleines Anwesen trifft, in welchem ein Professor wohnt, an einem Tag wo ein Killer der CIA nur zwei Autostunden entfernt landet?"

„Bestimmt Zufall", meine Leitch sarkastisch, „nach Röslau wollte ich sowieso schon immer mal!"

Sie machten sich auf zur Autovermietung.

Caretaker

Langley, USA... Mittwoch

Brendans Telefon klingelte, „Unbekannter Anrufer".

„Eure Heiligkeit, ich gehe davon aus, dass Sie Nachrichten gesehen haben?"

„Mr. Brendan, das ist anscheinend nicht ganz so gelaufen wie geplant, nicht wahr?"

„Wir mussten davon ausgehen, dass Jacobs mit Feuerstein in Kontakt getreten ist, aus diesem Grund habe ich den Angriff angeordnet."

„Dann gehe ich davon aus, dass sie sich sicher sind, dass beide tot sind?", fragte der Papst.

„Ich wüsste nicht, wie sie überlebt haben sollten", meinte Brendan. „Jedoch arbeitet die Aufräummannschaft vor Ort für uns und ist im Moment auf der Suche nach den Leichen. Was ich bisher sagen kann, ist das Jacobs Auto noch vor Ort ist und das Haus von Feuerstein vollständig zerstört wurde. Somit gehe ich davon aus, dass sie tot sind".

„Gut, halten Sie mich auf dem Laufenden. Übrigens wurde ich soeben darüber informiert, dass die Signori Collins und Leitch nach München geflogen sind, daher werden sie unser Angebot wahrscheinlich nicht annehmen", sagte der Pontifex.

„Danke, ich werde mich darum kümmern, auf Wiederhören", versprach Brendan.

Nice to meet you

Röslau, BRD… Mittwoch

Das verlassene Fabrikgebäude am Orts-
eingang zog an ihnen vorbei. Collins und
Leitch waren sich einig, dass sie defini-
tiv am Ende der Welt angekommen waren.
Auch Leitch stammte aus der Provinz… in
Schottland.

„Also wenn Kinlochleven der Arsch der
Welt ist, ist das hier das Loch", meinte
Leitch.

Collins nickte zustimmend. „Was machen
wir jetzt? Ich bin mir nicht sicher, ob
wir uns am Tatort sehen lassen sollten.
Die Chance, dass dort auch Jungs von Morris sind, ist groß, falls es sich wirklich
um einen Tatort von Jacobs handelt. Ich
glaube nicht, dass die uns da sehen wollen".

„Was trinken. Das Bier soll hier gut
sein." Er zeigte auf ein Gasthaus, dass

sie gerade passierten. „Da können wir uns überlegen, was wir machen".

Collins hatte keine bessere Idee, also parkten sie vor dem Gasthaus. Es lag an einem Berg, kurz vor der Ortsmitte. Betreten wurde es durch einen aus Feldsteinen gemauerten Torbogen, welcher in einen gepflasterten Hof überging, der mit Sicherheit im Sommer einen tollen Biergarten hergab, da überall alte Kastanienbäume standen. Das Gebäude selbst schätzten sie auf mehrere hundert Jahre. Als sie die Wirtsstube betraten, wurden sie von den drei anwesenden Herren sofort misstrauisch beäugt, offensichtlich war das hier keine Kneipe, in die viele Fremde kamen, obwohl sie eigentlich ganz nett eingerichtet war.

Nach einer langwierigen Bestellung bei der Chefin, die natürlich kein Englisch sprach, hatten beide ein kühles Bier vor sich stehen und stießen an.

„Was jetzt?", fragte Collins, als sie ihr Glas absetzten.

„Weiß nicht… vielleicht sollten wir bis heute Abend warten. Dann müsste die Spurensicherung vom Tatort weg sein und wir können uns, in Ruhe, umsehen", schlug Leitch vor.

„Wäre eine Möglichkeit, das Bier ist gut, also warum nicht einfach hier sitzen bleiben. Du hast Recht."

Leitch grinste und beide begannen, alte Geschichten zu erzählen.

Ein paar Minuten später hörten beide plötzlich ein großes Geschrei außerhalb der Wirtsstube, das sie nicht verstanden. Offensichtlich wurde die Chefin gerufen, da sich diese aufgeschreckt vom Tresen hervor, nach draußen in den Flur begab. Die älteren Herren vom anderen Tisch folgten ihr neugierig. Leitch und Collins wollten gerade aufstehen, um sich das Ganze anzusehen, als die Tür aufsprang, die Wirtin hektisch hereinstürmte und einen Tisch freiräumte. Hinter ihr kamen die anderen jeweils mit einer Person im Arm in das Zimmer. Zuletzt folgte ein Mann, der einen Verbandskasten in der Hand hatte. Die drei Gestützten, eine Frau und zwei Männer, waren alle schmutzig und hatten überall Schürf- und Platzwunden. Als einer der beiden Männer auf einen Stuhl gebettet wurde, welcher in Blickrichtung von Collins und Leitch stand, sagten beide perplex aus einem Munde:

„Ihr wollt mich wohl verarschen?!"

They're gone

Röslau, BRD… Mittwoch

Schultze stand inmitten der Trümmer von Feuersteins Haus, bisher hatten die Feuerwehr und das THW keine Leichen gefunden. Schultze war Ermittler für die Kriminalpolizei Hof… jedoch nur offiziell. In Wirklichkeit arbeitete er für die Kirche. Er war vor 10 Jahren angeworben worden und seitdem Mittelsmann für das nördliche Bayern. Bis heute erhielt er nie einen Anruf… es passierte hier nicht wirklich viel, was die Herrschaft der Kirche hätte gefährden können. Heute Morgen jedoch erhielt er einen Anruf aus dem Vatikan, dass er die Leichen zweier Männer finden und bestätigen sollte. Er wollte sich gar nicht erst vorstellen, um was es hier wirklich ging. Es war ihm aber auch egal, denn er wurde gut bezahlt.

Der Kommandant der örtlichen Feuerwehr kam zu Schultze. „Gott sei Dank war anscheinend niemand zu Hause. Wir konnten nirgends Leichen finden", sagte dieser.

„Vielen Dank. Da können wir froh sein", sagte Schultze mit gespielter Erleichterung.

Ein paar Meter weiter kamen gerade zwei Feuerwehrmänner mit einem Kasten Bier aus den Trümmern des Schuppens. Der Kommandant grinste: „Wo habt ihr den her?"

„Unter dem Schuppen war ein alter Kohlenkeller, der Kasten ist unversehrt und kühl. Ich glaube, der Professor hat kein Problem damit, wenn wir ihn trinken. Wir haben Durst!", sagte der eine.

„Ich nehm' auch eins!", antwortete der Kommandant und ging den beiden entgegen.

Schulze hatte so ein Gefühl… Er ging zum Schuppen und fand den Eingang zum Keller. Unten angekommen, leuchtete er den Boden ab und fand drei Stellen, an denen offensichtlich Menschen gesessen hatten.

Er leuchtete mit der Lampe umher. Sein Blick fiel auf einen Schrank, der anscheinend ein Stück verschoben wurde, und er leuchtete dahinter. Als er wieder an der Erdoberfläche angelangt war, rief er sofort die Nummer an, bei der er sich mit Neuigkeiten melden sollte.

„Morris?", meldete sich die Stimme am anderen Ende.

In gebrochenem Englisch erklärte Schultze: „Sie sind weg. Wahrscheinlich durch einen unterirdischen Gang entkommen."

Stille am anderen Ende.

„Verfolgen Sie sie und rufen Sie mich an, sobald Sie was wissen!".

Morris legte auf, schluckte und wählte Brendans Nummer.

Take it, or leave it

Röslau, BRD… Mittwoch

Collins und Leitch sahen sich das hektische Treiben von ihrem Platz aus an. Jacobs Wunde am Kopf wurde von der Wirtin gereinigt und verbunden. Der Wirt kümmerte sich um die Frau und den älteren Herren, der die beiden, völlig fertig mit den Nerven, ausfragte. Die drei Stammgäste waren gegangen, wahrscheinlich, um im Dorf allen die aufregenden Neuigkeiten aus erster Hand zu berichten.

Die beiden Ermittler sprachen kein Deutsch, verstanden aber viel, da beide in ihrem Leben beruflich und privat des Öfteren in Deutschland waren.

„Mensch Ignatz, was ist passiert?", fragte der Wirt.

„Ich weiß es nicht. Wir saßen gemütlich zusammen und plötzlich brach die Hölle über uns herein. Es hörte sich an wie ein

Flugzeug! Wir retteten uns in den Kohlenkeller und gingen durch die alten Gewölbe. Dass mir so was in meinem Alter noch passiert!", schwindelte der Gefragte vor sich hin. „Wie hast du uns gefunden?"

„Ich war im Weinkeller und habe etwas gehört, der Boden an der Stelle, wo ich euch gefunden habe, war schon länger locker. Jetzt weiß ich auch warum. Ihr hattet großes Glück! Wer ist der andere?"

Collins und Leitch waren gespannt.

„Das ist Jim. Mein Neffe aus Amerika. Er besucht mich gerade." Ignatz wurde nicht einmal rot.

„Servus Jim!", sagte die Wirtin.

„Servus, wie geht's? Bei euch fliegen die Flieger ja ziemlich tief." Jesco grinste die Frau an.

Seine beiden Verfolger waren überrascht. Sie hörten keinen Akzent.

Auf einmal fiel ein Schuss.

Die Wirtin, welche sich gerade über Jescos Kopf bückte, um seine Wunde besser zu sehen, sackte zusammen. Schultze stand in der Tür und hielt nun auf Jesco. Als sich dieser gerade aufmachen wollte, wenn auch mit wenig Aussicht auf Erfolg, auf den Angreifer loszugehen, knallte es wieder. Nun sackte Schultze seinerseits mit blutender Stirn und Brust zu Boden. Adessa, Jesco und Ignatz blickten in Schussrichtung. Collins und Leitch standen beide mit ausgestreckten Waffen da. Leitch griff nach seinem Bier und Collins begann zu sprechen:

„Jacobs, wir haben keine Ahnung, ob Sie nun gut, böse oder einfach nur irre sind. Aber ich glaube, Sie können uns helfen.“

„Wer immer ihr seid, hier kann uns in ein paar Minuten kein Mensch mehr helfen“, erwiderte Jesco.

Adessa und Ignatz sahen unter Schock stehend dem Treiben zu. Vor allem Adessa war mit den Nerven am Ende.

„Draußen steht unser Auto! Während wir fahren, überlegen wir uns wohin", schlug Leitch vor und trank auch Collins Bier aus, welcher ihn mit ernster Miene bedachte.

Jesco nickte, packte seine beiden Begleiter und alle fünf verließen das Gasthaus und stiegen in einen rot-schwarzen Mini.

Fuck mother nature

Cambridge, USA… 1957

Ignatz war inzwischen 19 Jahre alt und hatte seine Professur in Molekulargenetik seit 3 Jahren in der Tasche. Er war mit Abstand der jüngste Professor, den Harvard (und wahrscheinlich die ganz Welt) jemals habilitieren ließ.

Ignatz stand über einer Leiche in seinem Labor und untersuchte Gewebeproben verschiedener Organe und Körperteile. Der Tote vor ihm war vor zwei Tagen, völlig überraschend im Alter von 44 Jahren verstorben. Der Mann war immer gesund gewesen und ließ sich auch regelmäßig durchchecken, trotzdem war er in seinem kleinen Haus in Rochester tot aufgefunden worden. Ein Fremdverschulden schloss die Polizei aus. Professor Feuerstein ließ die Leiche daraufhin nach Harvard überführen, um die Todesursache zu ermitteln. Bisher ohne Erfolg. Gerade schob er eine Petrischale mit Proben des Herzens von dem Toten unter sein Elektronenmikroskop, kurz darauf murmelte er:

„Du altes Miststück!"

Er ging zurück zur Leiche und begann die Stellen, von denen er Proben entnommen hatte, zu vernähen und den Herren für seine Beerdigung vorzubereiten. Ignatz spürte, wie ihm das erste Mal seit langer Zeit Tränen die Wangen hinabliefen. Es waren Tränen der Trauer, aber vor allem Tränen der Wut. Er wusste, dass er besser war als Mutter Natur, sie hatte ihn aber mit diesem Schlag empfindlich getroffen und er schwor, dass er der Schlampe zeigen würde, wo der Hammer hängt.

Der Vater von Ignatz war an einem kardialen Gendefekt gestorben, aber er würde Wege finden, solche Krankheiten für immer zu verhindern. Ob das Mutter Natur nun gefiel oder nicht.

Banana Joe

Vatikanstadt, VAT… Mittwoch

Kardinal Pedersoli schritt hektisch den Mittelgang der Sixtinischen Kapelle in Richtung seiner Unterkunft entlang.

Er war gerade im Hinterzimmer der Kapelle gesessen, hatte, wie immer um diese Zeit, seinen nachmittäglichen Tee genommen und dabei CNN gesehen. Unter anderem war die Rede von einem Flugzeugabsturz. Es handelte sich um einen amerikanischen Kampfjet, der tragischerweise über bewohntem Gebiet niederging. Als er in der Einblendung den Unglücksort sah, gefror ihm das Blut in den Adern. Da stand: Röslau, BRD.

Pedersoli war seit Jahrzehnten einer der Kurienkardinäle im Vatikan. Er musste oft lachen, wenn er bedachte, dass er nicht einmal getauft worden war. Der große, bärtige und, nach Meinung seiner Kollegen, füllige Mann wurde Ende der siebzi-

ger Jahre mit Hilfe der „Befreier" einge-
setzt, um zwei Aufgaben zu erfüllen:

1. Informationsbeschaffung

2. Er wachte über sämtliche Aufzeichnungen, welche die Befreier jemals über die Machenschaften der
Kirche gesammelt hatten. Unter anderem natürlich auch die Forschungser-
gebnisse von Professor Feuerstein.

Beide standen sich nah, insbesondere in
der Zeit bevor Pedersoli im Vatikan war.
Sie hatten beschlossen, dass die Kirche
hier nicht suchen würde.

Der falsche Kardinal kramte sein Satel-
liten-Telefon unter seiner Matratze hervor
und schrieb eine SMS:

„Ignatz! Alles gut?"

Er ließ das Telefon auf die Matratze
fallen und saß nachdenklich auf selbiger.

Ein paar Minuten später vibrierte das Handy:

„Alles in Ordnung. Eines der Kinder ist bei mir."

Pedersoli traute seinen Augen nicht und spürte, dass sich seine Zeit als Kardinal dem Ende zuneigte.

What's love got to do with it?

Wernberg, BRD… Mittwoch

Der Mini mit den fünf Insassen raste auf der A93 in Richtung Regensburg. Collins fuhr und wunderte sich, wie ein solch kleines Fahrzeug, so vollgeladen, trotzdem sportlich vorankam.

Seit sich alle vom ersten Schock halbwegs erholt hatten, hielt Professor Feuerstein einen Dauermonolog, durch welchen er versuchte, den beiden Rettern alles zu erklären.

Collins fuhr von der Autobahn ab und sagte:

„Ich glaube, wir sind sie erst mal los. Lasst uns anhalten und alles in Ruhe besprechen. Mir platzt gleich der Schädel!"

Die anderen stimmten zu und Collins steuerte einen Autohof an, parkte den Wagen und alle stiegen aus. Man konnte allen drei Mitfahrern, welche hinten saßen, förmlich ansehen wie Ihre Knochen schmerzten als sie ihren engen Platz verließen. Sie betraten den fast leeren Autohof, setzten sich an einen Tisch und bestellten Kaffee.

„Wenn Sie mir das alles vor zwei Tagen erzählt hätten, hätte ich Sie sofort in eine Klapse verfrachtet", eröffnete Leitch für ihn gewohnt charmant. „Nach unserer gestrigen Begegnung mit Morris muss ich aber sagen, dass mich nichts mehr wundert. Jacobs, das erklärt aber immer noch nicht, warum Sie den Typen blind folgen und kaltblütig dutzende Menschen ermorden! Haben Sie das Ganze nie hinterfragt?"

Collins nickte stumm und nippte an seinem Kaffee.

Jesco blickte nach unten und versuchte seine offensichtliche Scham zu verbergen. Adessa, die seit der Flucht noch nicht einen Ton gesagt hatte, nahm Jescos Hand. Der sah sie überrascht an.

„Ich glaube, ich verstehe es", sagte sie flüsternd. „Jesco hatte nie eine Familie, wusste nie, wer er war oder wo er herkam. Warum er diese Fähigkeiten hat, warum er so anders ist als alle anderen. Jesco, wie viele Freunde hattest du als Kind?"

„Keine", erwiderte er nach kurzer Pause.

„Sehen Sie, ein Mensch der ohne Wissen über seine Herkunft, ohne Eltern, Freunde und Zuwendung aufwächst, sucht nach Bestätigung. Deshalb hat er, glaube ich, alles getan, was von ihm verlangt wurde, um selbige zu bekommen.

Collins und Leitch fingen an zu verstehen.

Wann hattest du das erste Mal eine Freundin?", fuhr Adessa fort.

„Noch nie." Jesco schluckte.

Adessa erschrak. „Du warst noch nie in einen Menschen verliebt?"

„Das kann er nicht", meldete sich die kleinlaute Stimme von Ignatz Feuerstein. „Ich habe es damals für gefährlich gehalten. Jesco sollte einer derer werden, die die Menschheit führen, er sollte sich durch nichts ablenken lassen. Deshalb habe ich ihm die Fähigkeit genommen zu lieben. Heute tut mir das leid".

„Du Monster!", keifte Adessa Feuerstein an.

Ignatz starrte zu Boden. Nach einer Weile betretenen Schweigens begann Collins: „Ich möchte ja hier jetzt nicht das herzlose Arschloch sein, aber wir müssen überlegen, was wir jetzt machen. So wie ich das sehe, werden wir, wenn das alles stimmt, keine Ruhe mehr haben. Egal wo wir hingehen, die Kirche wird uns irgendwann finden. Sie werden uns über kurz oder lang einer nach dem anderen ausschalten."

„Nicht wenn wir sie zuerst ausschalten", sagte Jesco gelassen, als ob er gerade eine Pizza bestellen würde.

„Klar", meine Leitch sarkastisch, „wir stürzen zu fünft die Regierung der Welt."

„Dafür wurde ich geschaffen. Mal sehen, ob Ignatz so gut ist wie er denkt. Ihr müsst mich nicht begleiten, ich habe einen Plan."

Jesco stand auf und ging Richtung Ausgang. Während sich Collins und Leitch fragend ansahen und Ignatz abwesend und traurig vor sich hin starrte, stand Adessa auf und folgte Jesco.

„Jesco, ich gehe mit dir! Ich weiß zwar nicht wie, aber ich will dir helfen", sagte sie, als sie ihn vor der Tür eingeholt hatte.

„Danke", erwiderte Jesco. „Weißt du, Ignatz hat bei mir nicht alles fehlerfrei hinbekommen." Sein Blick ging ins Leere.

„Was meinst du?", fragte Adessa.

„Jesco drehte seinen Kopf zu Adessa, sah sie an und sagte: „Ich liebe dich!"

Bevor sie reagieren konnte, öffnete sich hinter ihnen die Tür des Autohofs und die drei anderen kamen heraus.

„Dann wollen wir mal die Welt ändern!", meinte Leitch künstlich gut gelaunt.

„Aber nicht in einem Mini", erwiderte Jesco und lief in Richtung eines Autohauses gegenüber.

Let it be

Langley, USA… Mittwoch

"Eure Heiligkeit, es tut mir leid. Ich weiß nicht wie das passieren konnte. Die Männer vor Ort sind tot und offensichtlich sind Feuerstein und Jacobs verschwunden", begann Brendan sofort, nachdem er den Anruf des unbekannten angenommen hatte.

„Ich kann Ihnen sagen, was passiert ist", entgegnete Pius ruhig. „Sie haben Jacobs unterschätzt und jetzt müssen wir ihn und Feuerstein zur Strecke bringen. Dass er nun alles weiß, macht das Ganze nicht einfacher. Sie wissen, dass er schon ein gefährlicher Mann ist, wenn er nicht auf der Hut ist."

„Ich werde alle Hebel in Bewegung setzten, um sie zu finden und schnellstmöglich zur Strecke zu bringen", versprach Brendan.

„Sie tun gar nichts!", sagte der Papst.

„Bitte?", fragte Brendan.

„Ich will nicht, dass ein Krieg ausbricht, den wir nicht erklären können. Ich werde alle unsere Leute in erhöhte Bereitschaft versetzen lassen. In den nächsten Tagen werden wir sie irgendwo von ganz von selbst finden. Danach verfolgen wir sie unauffällig und schalten sie aus, wenn wir die Möglichkeit haben."

„Sehr wohl, eure…", ein Knall beendete Brendans Satz.

„Eure Heiligkeit, Auftrag erledigt".

„Sehr gut, Direktor Morris. Warten Sie auf neue Anweisungen. Sie können derweil ja ihr neues Büro renovieren."

„Sehr wohl", antworte Morris und blickte hinab auf Brendans Leiche.

Highway to hell

A93, BRD… Mittwoch

Jesco steuerte den silbernen Volkswagen Touareg auf die Autobahn in Richtung Brenner. Es war der Vorführwagen des Autohauses, er hatte ihn kurzgeschlossen. Da das Autohaus bereits geschlossen hatte, würden die Besitzer bis zum Morgen wahrscheinlich nichts merken. Das würde reichen.

„Nun, Mr. Supersoldat, wie ist der Plan?" Leitch lümmelte auf dem Hintersitz neben Collins und Ignatz.

„Ich möchte meine Brüder und Schwestern finden. Wenn sie alles erfahren, werden sie uns helfen. Dann werden wir die Kirche stürzen und danach helfen wir den Regierungen auf eigenen Beinen zu stehen. Merken wird die normale Bevölkerung davon im Idealfall nichts", sagte Jesco ruhig, als ob er eine Einkaufsliste vorlesen würde.

„Ich glaube, deine Petrischale wurde zu heiß gespült!", kam Collins Stimme von hinten. „Weißt du eigentlich, wie sich das anhört?"

„Yup!", entgegnete Jesco und fuhr ohne Gefühlsregung weiter.

Nach einigen Sekunden Stille entfuhr es Leitch: „Und was machen wir jetzt, in diesem Moment? Wir werden sicherlich international gesucht und wissen nicht, wo die überall Leute haben. Wie willst du Menschen suchen, von denen du keine Ahnung hast, wo sie sind, und gleichzeitig aufpassen, dass dich nicht plötzlich jemand über den Haufen schießt?"

„Die anderen Kinder können wir finden", mischte sich Ignatz ein. „An einem sicheren Ort lagern alle Unterlagen der Befreier, sowie meine Forschungsunterlagen. Dort sollten wir auch alle Daten finden, wo Jescos Geschwister untergebracht wurden."

„Vatikan?", kam es vom Fahrersitz.

„Woher weißt du das?" Ignatz blickte verwundert nach vorne.

„Hätte ich auch gemacht", sagte Jesco.

„Ankunft in Rom in elf Stunden und sieben Minuten", plapperte das Navigationssystem dazwischen.

„Du hast Recht. Wir haben in den siebziger Jahren einen der Befreier, Carlo Pedersoli, als Kurienkardinal in den Vatikan eingeschleust. Seit dem verwahrt er dort die Unterlagen und sammelt Informationen. Ich hatte vorhin erst Kontakt zu ihm."

„Toll!", meinte Collins. „Jetzt müssen wir nur noch herausfinden, wie wir uns alle vom Hals halten, bis wir eure tolle Familie wieder zusammenhaben.

„Ganz einfach, indem wir innerhalb der Kirche ein wenig Chaos stiften. Das verschafft uns Zeit. Ich würde sagen drei bis vier Wochen." Jesco verlas gefühlt wieder seinen Einkaufszettel.

„Was willst du machen? Dem Papst erzählen, dass Maria keine Jungfrau war?",
Leitch war merklich genervt von dem Um-
stand, dass Jesco der Meinung war, dass
das alles funktionieren würde.

„Drei bis vier Wochen dauert es durchschnittlich, bis nach dem Tod des Papstes
ein Konklave einberufen wird und ein neuer
Pontifex feststeht" Jescos Ruhe war ver-
blüffend.

They are everywhere

Raststätte Lanz-Brenner, IT… Mittwoch

Jesco betankte den Wagen, während die anderen in den Tankstellenshop gingen, um Kaffee und etwas Verpflegung zu holen. Als er ein paar Minuten später ebenfalls den Shop betrat, um zu bezahlen, hatte sich offensichtlich hinter Collins und Leitch eine lange Schlange an der Kasse gebildet. Ignatz saß an einem Tisch und sah dem Treiben zu.

„Was ist los?", fragte Jesco.

„Ihre Kreditkarten funktionieren nicht. Das hätten wir uns denken können, die Kirche hat ihre Finger überall. Ich wette, deine geht auch nicht."

„Und wir haben kein Bargeld, schöne Scheiße!", erwiderte Jacobs, als Adessa gerade vom Waschraum kam.

Sie hörte sich die Erklärungen der beiden an, ging wortlos zur Kasse und zückte Ihre Kreditkarte. Als das Trio -Leitch und Collins waren sichtlich erleichtert- zu Jesco und Ignatz kam, sagte sie:

„Ich wusste, dass ich die die Karte irgendwann mal einsetzen kann, in Röslau nimmt niemand „Master", wisst ihr. Ach, den Sprit habe ich auch gleich mit bezahlt, Jungs."

Im Vorbeigehen gab sie Jesco einen lässigen Klaps auf den Hintern. Alle sahen ihr verdutzt hinterher… Sie schien gefallen an ihrem Abenteuer zu finden. Als alle wieder im Auto saßen und an ihren Kaffees nippten, sagte Jesco:

„Mit der Tankfüllung müssten wir bis nach Rom kommen. Ich glaube, wir sollten nicht mehr oft anhalten und so wenig Spuren wie möglich hinterlassen. Wahrscheinlich wissen Sie bereits, dass wir hier waren."

In diesem Augenblick splitterte die Heckscheibe des Touareg. Adessa stieß einen kurzen Schrei aus. Jesco blickte durch den Rückspiegel und sah einen Tankwart mit Gewehr auf sie zukommen. In den Seitenspiegeln machte er ebenfalls jeweils eine Person aus, welche mit vorgehaltener Waffe auf das Auto zulief.

„Collins, Leitch, schießt zurück!", Jesco betätigte den Startknopf und gab Gas.

Es fielen Schüsse während sich der Volkswagen mit quietschenden Reifen in Bewegung setzte. Adessa verkroch sich im Fußraum neben Jacobs. Im Augenwinkel nahm Jesco im Rückspiegel wahr, dass Feuerstein, über Collins gebeugt, mit panischem Gesichtsausdruck, hantierte. Leitch feuerte aus allen Rohren. Der Wagen schlitterte um die Kurve der Ausfahrt des Rasthofes. Jacobs sah noch, wie die drei Schützen ein Auto bestiegen, bevor er sich nur noch darauf konzentrierte, schnellstmöglich auf die Autobahn zu kommen.

Das Auto raste hupend auf der linken Spur der Autobahn Richtung Rom, als Ignatz sagte:

„Jesco, fahr ab! Wir müssen ein Versteck suchen und ihn zu einem Arzt bringen, sonst stirbt er!"

Alle drehten sich erschrocken zu Ignatz, und sahen, wie Collins stark aus der Brust blutend nach Luft schnappte.

Friends

Gossensaß, IT... Mittwoch

Jesco stellte den Motor ab.

„Wie geht es ihm?"

„Er verliert viel Blut", sagte Leitch, während der mit seinem Hemd Druck auf die Wunde ausübte. Collins war kreidebleich, schwitzte und atmete schwer. Das Auto stand in einer kleinen Seitenstraße und alle hofften, dass die Verfolger nicht gleich um die Ecke bogen. Ignatz tippte panisch an seinem Sattelitentelefon.

„Carlo! Kannst du sprechen?... Wir sind auf dem Weg nach Rom, aber einer von uns wurde angeschossen!... Ja, bei mir ist alles o.k., wir brauchen aber medizinische Hilfe... Wir sind in einem Ort namens Gossensaß in Südtirol... Wirklich?! Und Sie wissen Bescheid?... Grazie Carlo, ich melde mich, wenn wir dort sind!"

Ignatz legte auf und sah erleichtert aus.

„Carlo hat Verwandte in einem Ort namens Calice, sollte nicht weit weg sein. Er organisiert, dass jemand auf uns wartet. John, halten Sie noch eine wenig durch."

„Kein Thema, lasst euch nur Zeit", gab er sarkastisch hechelnd zurück.

Jesco gab den Ort ins Navi ein, welches zu verstehen gab, dass der Ort 15 Kilometer entfernt war. Das Auto setzte sich mit quietschenden Reifen wieder in Bewegung und raste Richtung Calice, während eine alte Dame mit erhobener Faust die Verkehrssünder verabschiedete.

Zehn Minuten später war das Ortsschild in Sichtweite. Daneben stand ein junger Mann in Arbeitskleidung, der ihnen gebot anzuhalten. Als Jesco das Fenster herabließ, schaute der Junge sofort nach hinten zu Collins und sagte:

„Schnell, folgen Sie mir!"

Sie folgten dem alten, roten, mit Rostflecken übersäten Fiat Bravo ein paar hundert Meter einen Feldweg hinein, bis sie einen kleinen, offensichtlich heruntergekommenen Bauernhof ausmachen konnten. Als sie in den Hof einfuhren, begann der Fiat zu hupen. Sofort kamen vier Gestalten aus dem Haus gerannt und stürmten zum Volkswagen. Jesco hatte den Motor kaum abgestellt, als die Hintertür geöffnet und der verletzte Collins behutsam aus dem Auto gehoben wurde. Einer gab Ignatz die Hand.

„Mein Name ist Eros, ich bin der Neffe von Carlo. Wir konnten ein Operationsbesteck und allerlei Medikamente bei unserem Tierarzt besorgen, leider ist er aber nicht da, und einen anderen Doktor gibt es hier nicht."

„Schön, Sie kennenzulernen. Ich werde mein Möglichstes tun. Vielen Dank!", erwiderte Ignatz und folgte den anderen ins Haus.

Eros drehte sich zu den anderen vier um, begrüßte alle freundlich und bat sie mit ins Haus zu kommen. Als sie den Flur betraten, hatten sie das Gefühl in der Zeit zurückgereist zu sein. Überall Möbel aus dem 19. Jahrhundert und die merklich wohlige Wärme eines alten Kachelofens. Als sie an der ersten Tür links vorbeigingen, sahen sie Ignatz und seine Helfer, welche bereits über Collins gebeugt waren, der auf einem Tisch lag und sich nicht bewegte. Eros führte sie durch die nächste Tür. Eine alte Küche, wie man sie nur noch im Museum zu sehen bekam. Vor dem Herd stand ein altes Mütterchen. Als sie die vier erblickte, kam sie, wie vom Donner gerührt und ihre Hände an einem schmutzigen Küchentuch abwischend, auf sie zu und gab allen die Hand. Adessa wurde sofort umarmt.

„Ich bin Maria, die Mutter von Eros. Ihr müsst Hunger haben! Setzt euch!", sagte sie mit freundlicher, aber bestimmter Stimme.

Die vier traten ins Esszimmer und sahen einen reich gedeckten Tisch mit allen Köstlichkeiten, die Südtirol so hergab. Alle bedankten sich und begannen wie ein Rudel hungriger Wölfe zu essen. Maria sah ihnen lächelnd zu und sagte:

„Eros bereitet euch oben ein paar Zimmer vor. Ihr seid bestimmt müde."

Sie waren sichtlich froh und erleichtert. Trotz der Sorge um Collins sehnten sich alle nach einer geruhsamen Nacht in einem richtigen Bett.

Desire

Flughafen Washington Dulles, USA… Mittwoch

Delores stellte ihre Tasche auf das Laufband der Sicherheitskontrolle.

„Ma'am, wohin reisen Sie?", fragte der Sicherheitsbeamte.

„Nach München, Sir.", erwiderte sie.

Der Anruf von Ignatz Feuerstein klang noch in ihren Ohren.

„Delores, du musst sofort kommen, wir brauchen deine Hilfe. Jesco ist bei mir und wir wollen den Papst ausschalten, um Zeit zu gewinnen, die anderen Kinder zu finden. Carlo kann dich als Besucherin im Vatikan einschleusen, dort kannst du uns helfen hineinzukommen. Wir sind in der Nähe des Brenners in Italien, ich schicke dir die Adresse. Komm so schnell du kannst! Bring bitte auch etwas Geld mit! Alle unsere Karten sind gesperrt."

Das war definitiv zu viel Information für eine Frau, die seit vielen Jahren nicht mehr im Einsatz war und mehr oder weniger als „Schläfer" ausgeharrt hatte. Ihr neues Leben hatte ihr aber immer Spaß gemacht, vor allem in der Anfangszeit mit Jesco. Sie vermisste ihren Jungen und freute sich, ihn bald zu sehen. Sie stand auch Ignatz sehr nah, hatte ihn aber, seit er untergetaucht war, leider nie wieder gesehen.

Der Sicherheitscheck war beendet. Aufgrund ihrer Kleidung wurde sie sowieso nur spärlich kontrolliert. Es war noch mehr als eine Stunde bis zum Abflug und sie bummelte nachdenklich durch die Duty-Free-Läden des Flughafens. Als das Boarding an ihrem Gate endlich begann, stieg langsam Nervosität in ihr auf. Zum einen war sie seit Jahrzehnten nicht mehr geflogen, zum anderen war sie nur noch ein paar Stunden davon entfernt, ihre liebsten Männer wieder zu sehen. Die Stewardessen waren sehr zuvorkommend und gaben ihr einen Platz am Notausgang, damit sie ihre Beine strecken konnte, sie war ja schließlich nicht mehr die Jüngste. Als sie endlich saß, kam kurz darauf eine junge Flugbegleiterin:

„Hätten Sie gerne etwas zu trinken? Vielleicht Wasser, einen Saft oder dürfen Sie heute vielleicht sogar einen Sekt?"

Delores lächelte freundlich und sagte: „Whisky… heute lasse ich es mal krachen".

Ihr Gegenüber stutzte kurz, lächelte aber auch. Wenige Minuten später kam sie mit einem Glas Whisky zurück.

„Bitte Schwester Mary Clarance, zum Wohl."

„Danke, mein Kind", gab sie zurück und zupfte den Kragen ihres Habit zurecht.

Next man up

Jesco öffnete die Augen. Er hatte das Gefühl, seit Jahren nicht mehr so gut geschlafen zu haben. Wie spät war es überhaupt? Er blickte nach unten, sah das schwarze Haar von Adessa auf seiner Brust und musste sofort glücklich lächeln.

Am Vorabend betraten beide eines der Zimmer, welche Eros für alle bereitet hatte. Nachdem sich beide, frisch geduscht, in Ihre Betten kuschelten, begannen sie, trotz ihrer Müdigkeit, sich zu unterhalten. Adessa sprach von ihrer Familie und wie sie Ignatz kennen gelernt hatte. Jesco erzählte von seiner Kindheit im Waisenhaus, davon, wie sehr er Mary Clarance vermisste und wie er sich nicht erklären konnte, dass er fähig war zu lieben, obwohl ihm Professor Feuerstein diese Fähigkeit offensichtlich genommen hatte. Nach einer Weile kann Adessa zu ihm herüber, legte sich zu ihm und beide redeten lange

172

weiter. Irgendwann flüsterte sie im Halb-
schlaf:

„Jesco, ich liebe dich auch."

Das frisch gebackene Liebespaar stand
auf, zog sich an und ging nach unten ins
Esszimmer. Sie wurden von kollektivem
Grinsen aller Anwesenden empfangen.

„Na, ich glaube, da habe ich wohl ver-
sagt!", sagte Ignatz lächelnd.

Leitch faselte etwas von sexuellem
Knistern in der Luft. Jesco überlegte
kurz, ihm die Zunge herauszuschneiden, war
aber viel zu gut gelaunt, um so früh mor-
gens eine derartige Sauerei zu veranstal-
ten.

„Wie geht es Collins?"

„Er ist stabil. Ich konnte die Kugel
entfernen, und den hohen Blutverlust konnten wir mit einer einfachen Kochsalzlösung
relativ gut ausgleichen. Er schläft, soll-

te aber bald aufwachen. Maria und Eros werden sich um ihn kümmern, während wir unterwegs sind."

„Schön", sagte Jesco. „Wann wollen wir los?"

„Ich habe vorhin mir Carlo gesprochen, er wird den Vatikan heute Abend unter einem Vorwand verlassen und uns in einem Hotel treffen, das er uns besorgt hat. Wir haben also genug Zeit. Übrigens, Jesco, wir haben noch zusätzliche Hilfe…"

Bevor Ignatz weitersprechen konnte, hörte Jesco hinter sich:

„Hallo, mein Sohn."

Delores stand lächelnd, mit Tränen in den Augen im Raum. Jesco sprang wortlos auf und schloss sie schluchzend in die Arme.

Sleeping with the enemy

Vatikanstadt, VAT… Donnerstag

"Eure Heiligkeit, Jacobs und seine Begleiter wurden am Brenner gesichtet. Leider sind sie in Richtung Süden entkommen."

Der Papst saß nachdenklich in seinem braunen Ledersessel und nippte an einem Whiskyglas.

„Danke", sagte er und gebot dem Mitglied der Schweizer Garde, welches die Nachricht überbrachte, ihn allein zu lassen. Er starrte ins Feuer des offenen Kamins und versuchte sich einen Reim auf das Vorgehen von Jacobs zu machen. Er nahm sein Handy und wählte die Nummer seines besten Freundes. Er hatte ihm immer mit Rat und Tat zur Seite gestanden.

„Carlo, mein Freund, darf ich dich auf einen Whisky einladen?"

„Hallo Pierre! Klar, ich komme vorbei! Wieder ein neues Sternchen bei YouPorn entdeckt?"

„Das auch", erwiderte der Pontifex. „Aber eigentlich brauche ich mal wieder deinen Rat bei etwas Ernstem."

Eine viertel Stunde später klopfte es an der schweren Mahagoni-Tür der Papst-Gemächer. Als Pedersoli die Erlaubnis bekam einzutreten, öffnete er die selbige. Pius saß im Dunklen, nur das Feuer des Kamins spendete Licht. Carlo musste immer schmunzeln, wenn er Pierre in Flip-Flops, Shorts und seinem alten PSG-Trikot sah.

„Ich war schon PSG-Fan, als sie noch richtig scheiße waren", sagte er immer.

„Setz dich, Carlo!" der Papst zeigte auf einen Sessel gegenüber dem seinigen, während ein Glas Jack Daniels eingoss. Die beiden vollzogen den üblichen Smalltalk, ehe Pierre sagte:

„Carlo, wie du weißt, ist Jacobs nun im Bilde, und Feuerstein ist bei ihm."

Pedersoli nickte.

„Wir haben sie am Brenner aufgespürt, aber sie sind entkommen. Außerdem sind sie zu fünft! Bei ihnen sind Collins und Leitch, die Ermittler von FBI und Interpol, welche eigentlich nach ihnen fahnden, sowie eine unbekannte Frau. Brendan hätte sie vor ein paar Tagen erschießen sollen, dachte aber, er könne die beiden anwerben… nur eine seiner vielen Fehlentscheidungen. Sie sind nach Süden, bevor sie unsere Leute verloren haben. Auch wenn es Wahnsinn ist, aber ich glaube, sie kommen hierher."

Pedersoli blickte nachdenklich in sein Glas und fragte sich wie er diese Plörre hinunter bekommen sollte.

„Über Jacobs wissen wir nicht viel", begann Pedersoli. „Aber Feuerstein war schon immer verrückt. Es würde mich nicht wundern, wenn sie tatsächlich herkommen, um dir etwas anzutun."

„Aber was versprechen sie sich davon? Selbst wenn sie es schaffen sollten, hilft es ihnen doch nicht weiter", stellte Pius fest.

„Nun ja", meine Pedersoli. „Erinnere dich an das Attentat auf Johannes Paul, 1981. Ali Agca war nicht einmal erfolgreich, und doch stiftete es über Wochen hinweg Unruhe. Ich glaube, sie wollen diese Unruhe nutzen, um Zeit zu gewinnen, damit sie untertauchen können.

„Kann sein", meinte der Pontifex. „Wie ernst sollten wir das Ganze nehmen?"

„Wenn ich mir Jacobs´ Vitae anschaue, sollten wir ihn sehr ernst nehmen. Wenn sie jetzt am Brenner gesehen wurden, sollten sie spätestens morgen hier sein. Ich würde an deiner Stelle deine Räumlichkeiten für die nächsten zwei Tage nicht verlassen. Wenn wir dann noch nichts gehört haben, haben sie etwas anderes vor und du solltest dich wieder frei bewegen können."

„Danke Carlo, ich glaube, du hast Recht. Und wie schon erwähnt, hattest du auch bei deiner ersten Annahme Recht."

Papst Pius XIII nahm seinen Tablet zu Hand und öffnete die YouPorn App.

Always have a plan

Vatikanstadt, VAT… Donnerstag

Jesco stellte im Hinterhof des Residenza Paolo VI Hotels den alten Lancia, welchen Eros ihnen gegeben hatte, ab. Ein gestohlener VW Touareg mit zerschossener Heckscheibe wurde von allen Beteiligten als etwas zu auffällig eingestuft. Kaum war das Quintett ausgestiegen, öffnete sich der Hintereingang des Hotels und Carlo Pedersoli kam zum Vorschein. Die Miene von Ignatz erhellte sich sofort, als er ihn sah, und er fiel ihm in die Arme.

„Schön, dich zu sehen!"

„Wie lange ist das her, Ignatz? 30 Jahre?", entgegnete Carlo.

Pedersoli schüttelte allen die Hand und sie gingen hinein. Der Kardinal hatte ihnen drei Zimmer besorgt. Mary Clarance hatte ein Zimmer für sich. Leitch und Ignatz bezogen das zweite, Adessa und Jesco waren im dritten untergebracht. Leitchs Kommentar:

„Herr Kardinal, ich hoffe das ist die Honeymoon-Suite!" Er grinste über alle vier Backen.

Jesco wurde sich zusehends sicherer, dass Colin noch vor Ende dieses Buches, seine Zunge verlieren würde…

Nachdem sich alle eingerichtet hatten, trafen sie sich im Nebenraum des Hotelrestaurants.

„Meine Damen und Herren, ich habe keine Ahnung, was Signore Jacobs vorhat, aber nun werden wir es erfahren."

Carlos Eröffnung erntete kollektives Schmunzeln unter den Anwesenden, welche alle ein Glas Rotwein vor sich hatten. Jesco stand auf und sagte:

„Ganz einfach: Wir holen uns den Papst, die Kirche versinkt ein paar Wochen im

Chaos, wir gewinnen Zeit, um unterzutauchen und meine Geschwister zu finden. Herr Pedersoli, wie kommen wir an ihn ran?"

Betretenes Schweigen lag im Raum…

„Nun ja", begann der Gefragte zaghaft. „Ich bin mir nicht sicher ob, Sie sich das nicht ein wenig zu einfach vorstellen. Jedoch konnte ich Pius überzeugen, aus Sicherheitsgründen, die nächsten Tage, in seinen Gemächern zu bleiben. Das heißt wir werden ihn zu jeder Tageszeit im Apostolischen Palast antreffen. Normalerweise befindet er sich immer im Arbeits- oder Schlafzimmer. Der einzige Zugang ist jedoch rund um die Uhr von mindestens zwei Offizieren der Schweizer Garde bewacht. Im gesamten Zugangsbereich, befindet sich zudem Videoüberwachung."

„Wie sollen wir dann da reinkommen?", fragte Adessa, während Leitch einen großen Schluck seines Wein nahm.

„Es gibt einen Geheimgang, welcher seit mindestens hundert Jahren nicht mehr benutzt wird. Er existiert aber noch, ich habe das überprüft. Er führt vom Altar der Sixtinischen Kapelle direkt in das Arbeitszimmer des Papstes. Wir müssten die Videoüberwachung in diesem Bereich der Kapelle umgehen, und das während ihrer Öffnungszeiten. Zusätzlich müssen wir es schaffen, dass uns keine Touristen oder Angestellte bemerken. Das letzte Problem dürfte dann sein, den Gang nach dem Mord wieder unbemerkt zu verlassen."

„Das hört sich zumindest nach einem Plan an", befand Mary Clarance.

„Stimmt, nur wer hat gesagt, dass wir ihn ermorden? Ich will ihn nur entführen!", sagte Jesco in seiner gewohnt trockenen Art.

Der Wein, der sich gerade in Colins Mund befand, verließ ihn, vor Schreck, durch seine Nase.

„Dann müssen wir uns auch noch überlegen, wie wir ihn am helllichten Tag durch die Sixtinische Kapelle schmuggeln", kombinierte Ignatz messerscharf.

Prep time

Vatikanstadt, VAT… Montag

„Komische Leute", dachte sich Alberto, als der nun schon den dritten Tag hintereinander einen Sackkarren mit Paketen rückwärts in den kleinen Aufzug des Residenza Paola VI Hotels zog. Vor Zimmer 282 blieb er stehen und klopfte. Wie schon die Tage zuvor öffnete sich die Tür einen kleinen Spalt, und das wunderschöne Gesicht einer jungen Frau kam durch selbigen zum Vorschein.

„Signora Vivaldi, ich habe wieder was für Sie."

„Grazie", entgegnete Adessa und unterschrieb auf dem Tablet des Fahrers.

Als Alberto gerade zu einer Einladung zum Essen ansetzen wollte, waren bereits alle Pakete im Zimmer verschwunden und die Tür zugezogen.

„Frage ich sie eben morgen", dachte er sich wie schon gestern und zog von dannen.

„Ich denke, das sind die letzten. Müssen sie aber auch sein, denn ich glaube auch, meine Kreditkarte ist nun endgültig überzogen", sagte sie in die Runde und begann auszupacken.

Das eigentlich geräumige Hotelzimmer von Jesco und Adessa glich einem Schlachtfeld. Überall standen leere Kartons und verschiedenste Ausrüstungsgegenstände lagen in allen Ecken. Massen an schwarzer Kleidung, Ohrstöpsel, Funkgeräte, zwei Nachtsichtgeräte, Seile et cetera. Adessa packte gerade eine Videokamera und einen Laptop aus.

„Was wollen wir damit", fragte sie und sah Jesco an.

„Gib das dann bitte Carlo, wenn er kommt, er weiß Bescheid", erwiderte der Gefragte.

Es klopfte.

„Ja?"

„Ich bin es, Carlo!"

Leitch ging und öffnete die Tür. Carlo trat, mit zwei Koffern in den Händen, ein. Er begrüßte alle freundlich und übergab sie Jesco.

„Ich hätte nicht gedacht, dass einer der berüchtigtsten Mafiabosse Italiens einfach so, ohne Bezahlung und auch noch scheißfreundlich Waffen mitgibt", meinte Pedersoli sichtlich überrascht.

„Silvio war mir noch was schuldig", klärte Jesco beiläufig auf. „Wie geht es dem alten Hurenbock?"

„Ganz gut, glaube ich, seit er sich aus der Politik zurückgezogen hat, scheint er echt entspannt zu sein".

Colin schüttelte ungläubig den Kopf. Jesco öffnete die Koffer, während alle neugierig über seine Schulter lugten.

„Komische Teile. Hab ich noch nie gesehen", meinte Mary Clarance.

„Das sind Betäubungspistolen. Sie verschießen kleine Pfeile, die das Ziel innerhalb von Sekundenbruchteilen außer Gefecht setzten. Der Papst ist es nicht wert, dass jemand für ihn stirbt", befand Jesco und gab jedem eine Waffe, samt Munition.

„Dann können wir ja loslegen", sprudelte es mit gekünstelter Euphorie aus Ignatz heraus.

Why so serious?

Vatikanstadt, VAT… Dienstag

Da standen sie nun. Aufgereiht wie in einem schlechten Actionfilm. Colin, Ignatz und Jesco in schwarzer Soutane, Mary Clarance und Adessa in einem Habit. Carlo hatte sie am Rande des Petersplatzes abgesetzt und es war vereinbart worden, dass sie sich in zwei Stunden hier treffen würden, also um 16:00 Uhr.

Jesco war immer noch nervös, wie nie in seinem Leben. Zum ersten Mal hatte er so etwas wie Freunde, ja Scheiße, sogar eine richtige Freundin, und alle zählten auf ihn. Er hatte seinen Plan dutzende Male im Kopf durchgespielt… das hatte er bisher noch nie, denn seine Pläne funktionierten immer.

„Mädels, ihr wisst was zu tun ist", sagte Jesco ruhig.

Beide nickten. Adessa war sichtlich angespannt und nervös, als sich ihr und Jescos Blick noch einmal trafen. Sie konnte nicht anders. Ehe Jesco wusste, was los war, warf sich Adessa an seinen Hals und küsste ihn innig. Der alten Dame, die gerade vorbeilief, entfuhr ein schockiertes „Madre Mia!". Ignatz und Colin trennten sie hektisch, wie ein Ringrichter zwei Boxer beim Klammern.

„Das ist ja toll! Mission gescheitert wegen sexueller Schwingungen!" Ignatz war sichtlich aufgebracht.

„Ich dachte, er kann nicht lieben?!", sagte Delores mit einem Augenzwinkern und kniff Ignatz im Vorbeigehen in den Hintern.

Der zuckte erschrocken zusammen.

Leitch massierte sich mit geschlossenen Augen die Schläfen und fühlte sich, als ob er im falschen Buch wäre. „Nachdem ja nun alles geklärt ist, könnten wir bitte los?", sagte er.

Die anderen stimmten zu. Die drei Männer verließen den Petersplatz in Richtung Eingang der Vatikanischen Museen, die Damen gingen in Richtung des Apostolischen Palastes.

I'm not a tourist…

Vatikanstadt, VAT… Dienstag

Colin, Jesco und Ignatz gingen in Richtung Eingang der Vatikanischen Museen. Aufgrund des Umstandes, dass die Sixtinische Kapelle nur, im Rahmen der gesamten Museumstour zugänglich war, hofften sie, dass der Andrang an der Kasse nicht zu groß war, um keine Zeit zu verlieren. Als sie in Sichtweite kamen, merkten sie ziemlich schnell, dass Hoffen meistens nicht hilft… Die Schlange vor den Museen war riesig. Asiaten mit Fotoapparaten und bunten Schirmmützen, Gruppen von Nonnen, Amerikaner in gewohnt schlecht sitzenden Klamotten und Jescos liebster Menschenschlag, Deutsche Rentner mit Sandalen und weißen Tennissocken, sogar meist inklusive Bauchtasche.

„Was nun?", fragte Ignatz nervös. „Wir schaffen das niemals rechtzeitig!"

„Wir sind doch richtig angezogen, folgt mir!"

Jesco ging im Stechschritt auf die Menschenschlange, welche sich alle paar Meter durch Abtrennungen knickte, zu.

„Scusi! Attenzione! Di Lato!", und wenn es Jesco zu langsam ging, gab es ein energisches und akzentfreies: „Madre mia, uomo!". Jesco gab einfach den gestressten Vatikan-angestellten. Ziemlich genial, wie die anderen fanden. Innerhalb von zwei Minuten waren sie durch und am Eingang angelangt, als Colin, wie vom Blitz getroffen, stehenblieb.

„Scheiße, seit wann gibt es Metalldetektoren in Museen?"

„Seit es Bekloppte wie mich gibt", gab Jesco zurück.

An der nächsten Kasse kauften sie sich ein Ticket.

„17 Euro! Ihr wollt mich wohl verarschen?!", hätten alle drei am liebsten gesagt, sagten aber nur „Grazie".

„Und nun?", fragte Ignatz. „Ihr habt
Waffen, ich glaube auch nicht, dass es den
Sicherheitsdienst interessiert, dass es
nur Betäubungswaffen sind".

„Kann ich mir auch nicht vorstellen",
pflichtete Leitch bei.

„Jetzt!" Jesco stellte sich hinter einem jungen Mann in die Reihe. Die anderen
folgten ihm. „Wenn wir schnell sein müssen, merkt ihr es", sagte Jesco. Ignatz
und Leitch sahen sich fragend an.

Die Sicherheitskontrolle bestand aus
einem Metalldetektor, an welchem zwei Mitglieder der Schweizer Garde postiert waren, einem Durchleuchtungsgerät, an dem
ein Mann saß, sowie einem weiteren Gardisten mit Schäferhund. „Bestimmt ein Spreng-
stoffhund", mutmaßte Ignatz innerlich. Vor
Jesco stand noch eine ältere Dame, ein of-

fensichtlich Deutscher in Landestypischer Touristenuniform, sowie dem besagten jungen Herren.

I love it, when a plan works

Vatikanstadt, VAT… Dienstag

Leitch spürte, wie ihm heiß wurde. Er stand hinter Ignatz, welcher seinerseits hinter Jesco in der Schlange, vor der Sicherheitskontrolle der Vatikanischen Museen, wartete.

„Wenn Jesco nicht zaubern kann, sind wir nach den dreien am Arsch", dachte Collins, als der junge Mann zur Kontrolle vortrat.

Er leerte seine Taschen und gab den Inhalt in eine Plastikbox, ähnlich wie am Flughafen. Auf Geheiß des Sicherheitsbeamten trat er durch das Portal. Der Detektor schlug an. Das übliche verdutzte Gesicht eines Betroffenen war das Resultat. Hinter Leitch begann das erste Gezeter der genervten Wartenden. Der Beamte gebot ihm, ruhig vorzutreten und fing an, ihn mit einem Handdetektor „abzutasten". Am Rücken, auf Gürtelhöhe schlug auch dieses Gerät an.

„Was haben Sie da?“

„Keine Ahnung.“ Der Junge fasste nach hinten und ein Springmesser kam zum Vorschein. Jesco sah die Panik in den Augen des Jungen.

„Das gehört mir nicht!“

„Legen Sie sofort das Messer auf den Boden!“

Der Beamte fasste mit der rechten Hand an die Waffe, welche an seinem Gürtel befestigt war. Sofort tat der Beschuldigte, wie ihm geheißen wurde.

„Keine Ahnung, wo das herkommt.“

„Ist schon klar, kommen Sie sofort mit!“, antwortete der Gardist und führte den Übeltäter ab.

„Da waren's nur noch zwei und Fiffi…“, summte Jesco leise vor sich hin. Ignatz begann es zu dämmern.

Der Beamte, der eigentlich hinter dem Scanner saß und den Platz seines Kollegen einstweilen einnahm, winkte den deutschen Touristen heran. Der leerte sichtlich nervös seine Hose und legte seine Bauchtasche auf das Laufband des Scanners, welches nun von dem Kollegen mit Hund beobachtet wurde. Der Mann ging durch den Metalldetektor und war sichtlich erleichtert, als selbiger nicht reagierte.

„Verdammt, sofort auf den Boden!" Der Hundeführer zog seine Waffe und richtete sie auf den armen Tropf, welcher reflexartig zusammensackte und sich hinlegte. Der Schäferhund knurrte bedrohlich. Der zweite Beamte ging zum Ende des Scanners und öffnete die Bauchtasche. Zum Vorschein kam eine Kleinkaliberpistole, eine Walther P22, wie Leitch feststellte, er hatte auch so eine. Je länger er darüber nachdachte… Er hatte er sie wahrscheinlich nicht mehr. Aufgeregtes Nuscheln machte sich innerhalb der Schlange breit. Ehe der Mann am Boden etwas sagen konnte, wurden ihm Handschellen angelegt und er wurde abgeführt.

„Da war es nur noch einer und Fiffi…", Jesco summte die zweite Strophe herunter.

„Zentrale, bitte um Verstärkung an der Sicherheitskontrolle. Die spinnen heute alle. Ich bin nach zwei Vorfällen nur noch alleine!"

„Es machen sich zwei Beamte auf den Weg", kratzte es aus dem Funkgerät.

„Dauert es noch lange?", wollte die alte Dame vor Jesco wissen und trat einen Schritt vor. Der Hund knurrte kaum merklich. Ignatz hatte den Eindruck das Fiffi nervös war.

„Signora, es geht bestimmt gleich weiter. Ich muss nur auf meine Kollegen warten. Heute laufen anscheinend viele Verrückte herum."

„Kein Problem, mein Junge, Sie machen nur Ihre Arbeit. Sie und Ihr Freund. So ein Feiner! Wie heißt er denn?"

Die Dame ging noch einen Schritt auf den Hund zu und streckte ihre Hand aus. Plötzlich drehte der völlig durch. Knurrte, fletschte die Zähne und wollte auf die Alte los.

„Aus!"

Der Beamte hatte Mühe das Tier zu halten. Die Frau fiel vor Schreck auf ihren Hosenboden. Auf einmal gab es einen Knall und Rauch breitete sich aus.

„Wollen die Herrschaften mir folgen", hörten Leitch und Ignatz Jescos Stimme, die wie immer seelenruhig war. Die drei hetzten durch die Rauchwolke am Detektor vorbei, während hinter ihnen das blanke Chaos ausbrach.

Keep cool

Vatikanstadt, VAT… Dienstag

Nachdem die drei um die nächste Ecke gebogen waren, verlangsamte Jesco das Tempo und sie gingen den Gang des Cortile delle Coraze entlang, als ob nichts gewesen wäre. Die wunderschönen alten Rüstungen auf ihrem Weg beachteten sie nicht und bogen nach links, in Richtung Atrio dei Quattro Cancelli ab.

„Früher oder später sehen sie uns auf den Kameras. Wenn das erste große Chaos vorbei ist, wird sich die Schweizer Garde, über die Videos der Sicherheitskontrolle machen. Sicherlich werden sie uns erkennen und spätestens dann geht hier die Post ab. Ich schätze, wir haben noch zwanzig Minuten.‟

Man hatte unweigerlich den Eindruck, dass Jesco, wieder einmal ein Kochrezept herunterbetete. Offensichtlich langweilte ihn das Ganze. Leitch schiss sich fast in die Hose…

„Das ist nicht viel Zeit von hier bis zum Altar der Sixtinischen Kapelle", warf Ignatz ein.

„Und der liebe Gott hilft uns wahrscheinlich auch nicht", trübt Colin die Stimmung, während sie den Portraitkopf des Claudius´ passierten. Jesco ging auf beide nicht weiter ein, sondern manövrierte schnellen Schrittes, ohne auffällig zu wirken, am Sala della Biga vorbei in Richtung Ziel. Ein paar Minuten später, als sie sich in der Galleria degli Arrazi an einer Touristengruppe vorbeimogelten, kam ein Mann in Kardinalsgewand um die Ecke. Was dann geschah, spielte sich vor Leitchs Augen wie in Zeitlupe ab.

Der Mann kam aus einer Tür, neben dem Bild der Auferstehung. Er blickte vom Boden hoch und grüßte die drei Pastoren. Als er Jesco sah, riss er plötzlich die Augen auf, als ob er einen Geist gesehen hätte.

Colins Blick blieb an den Lippen des Kardinals hängen, als dieser den Mund aufriss und rufen wollte:" Wa…" Der Kardinal sackte in sich zusammen. Jesco hatte ihm mit unglaublicher Handlungsschnelligkeit einen Betäubungspfeil in den Hals gejagt, ihn aufgefangen und rief panisch:

„Beppo! Oh Gott! Was ist los!?"

Die Touristen im Umkreis eilten herbei. Jesco winkte eine Dame her.

„Signora, wir holen Hilfe! Bitte passen Sie auf Beppo auf, der ist ein ganz ein Feiner! Ja, gell, Beppo, bist ein Feiner!" Jesco tätschelte den Kopf des Bewusstlosen.

Das Trio hetzte weiter.

„Das geht nicht mehr lange gut!"

Leitch gefror das Blut in den Adern, denn das war das erste Mal, dass er so etwas wie Nervosität in der Stimme von Jesco

Jacobs vernahm. Gerade gingen sie an der Galleria delle Carte Geografiche vorbei. Nur noch die Abkürzung über das Appartamento die San Piu V, dann würde endlich die Sixtinische Kapelle kommen.

„Leute, noch eine Stunde, dann müssen wir wieder raus sein!" Ignatz war merklich außer Atem und nervös.

„Ignatz, halt durch! Gleich haben wir es!", feuerte Colin ihn an.

Nach fünf weiteren Minuten, ohne Zwischenfälle, betraten sie endlich die Kapelle. Selbst Jesco musste kurz innehalten. Dieser Prunk war unvorstellbar, jedoch nicht auf eine negative Art. Das Zusammenspiel der Architektur mit der Kunst, vor allem an der Decke der Kapelle, war überwältigend.

„Michelangelo war einfach der geilste Turtle!", fuhr es aus Jesco heraus.

Umstehende Menschen schüttelten fassungslos den Kopf. Zudem stellte Jesco nebenbei fest dass keine Kamera auf den Altar gerichtet war. „So ein Zufall", dachte er sich.

Sie gingen in Richtung Altar. In der Kapelle wimmelte es vor Touristen. Ignatz machte im Raum zudem vier Mitglieder der Schweizer Garde aus. Etwa zehn Meter vor ihrem Ziel stockte Leitch abermals der Atem.

Ignatz stieß einen grellen Schrei aus, er sackte in sich zusammen und hatte Schaum vorm Mund. Er zuckte, hatte die Augen weit aufgerissen und flüsterte Leitch, der sich über ihn gebeugt hatte, mit letzter Kraft zu:

„Ich bin auch ein ganz ein Feiner… geh' endlich, Jesco wartet".

Colin drehte sich zu Jacob um, welcher bereits vor dem Altar stand und grinste.

„Warum erzählt mir nie jemand was?",
dachte Leitch, stand auf und ging zu Jesco, während alle Anwesenden, inklusive
der Gardisten, zu Ignatz eilten.

„Denkst du, das funktioniert wirklich?"

„Werden wir sehen", gab Jesco zaghaft zurück. „Willst du?"

„Nee, irgendwie finde ich das ek-
lig!"

Jesco stand vor dem Kreuz, welches auf
dem Altar stand. An selbigem hing, wie bei
den meisten, eine Jesusfigur. Jacobs hob
seinen Zeigefinger und führte ihn mit an-
gewidertem Gesichtsausdruck langsam zur
Figur. Er stoppte kurz, schüttelte sich
innerlich, und drückte fest auf den Len-
denschurz selbiger. Der hob sich kurz an
und die Unterseite des Altars öffnete
sich. Nachdem beide durchgeschlüpft waren,
schloss sich das Portal wieder, während

die Figur am Kreuz ein zufriedenes Lächeln nicht verbergen konnte.

The hunter

Vatikanstadt, VAT… Dienstag

„Alle sofort zur Sixtinischen Kapelle!"

Peter Parker stand mit hochrotem Kopf vor den Monitoren der Sicherheitszentrale der Vatikanischen Museen. Er war seit mehr als fünfzehn Jahren Kommandant der Schweizer Garde. Er entstammte einer Offiziersfamilie des britischen Militärs, jedoch war er auch „der" uneheliche Sohn der Familie. Seine Mutter war Schweizerin, was ihn den Eintritt in die kleinste Armee der Welt überhaupt erst ermöglichte. Als er die Grundausbildung in der Royal Air Force, unter seinem Vater, beendet hatte, schloss er sich der Garde an. Das hatte ihm sein alter Herr bis zu seinem Tod vor drei Jahren nie verziehen.

Sein geruhsames Leben und das italienische Essen hatten deutliche Spuren hinterlassen, jedoch hatte er von seiner Autorität nichts eingebüßt.

Dutzende Gardisten rannten nun in Richtung Kapelle und hofften alle, dass sie ihren Befehlshaber nicht enttäuschen würden. Vor ungefähr einer halben Stunde hatte Peter die Info bekommen, dass während der Kontrollen, bei gleich drei Personen hintereinander Waffen gefunden worden waren. Er hatte solch einen Zwischenfall bei seinem Amtsantritt in die Meldeliste aufnehmen lassen. Zwischenfälle auf dieser Liste mussten immer sofort an ihn gemeldet werden. Das Erste was er dachte, war: Ablenkungsmanöver, Anschlag!

Bei Sichtung der Überwachungsbänder erkannte er sofort Jacobs. Nun hatte dieser Drecksack eine halbe Stunde Vorsprung. Die galt es nun aufzuholen. Inzwischen war Jacobs kurz vor der Sixtinischen Kapelle und auch Peter machte sich auf den Weg dorthin. Als er diese betrat, herrschte Chaos. Seine Männer liefen die Gänge ab und suchten nach dem Verdächtigen. In der Nähe des Altars war eine Menschentraube, welche um einen am Boden liegenden Priester stand, der gerade von Sanitätern wiederbelebt wurde.

Parker ließ seine Blicke schweifen. Wo war dieses Arschloch nur? Jacobs war von keinen weiteren Kameras aufgezeichnet worden, seit er die Kapelle betreten hatte.

„Verdammte Scheiße, er wird doch nicht!? Zwei Mann zu mir!"

Die beiden am nächsten Stehenden waren sofort zur Stelle. Sie gingen zum Altar und Parker drückte, wie immer leicht angewidert, auf die „Stelle". Die Mundwinkel der Statue gingen nach oben und sie betraten den Geheimgang.

Als dieser sich schloss, stellten die Sanitäter den Tod des armen Priesters fest.

Jesco's Angels

Vatikanstadt, VAT… Dienstag

Delores und Adessa saßen auf einer Bank im Innenhof des Apostolischen Palastes. Jesco hatte Recht behalten, es war wirklich einfach.

Vor einer guten Stunde hatten sie sich an der Pforte gemeldet und erzählten, dass sie die beiden Sachverständigen für alte Schriften wären, die Kardinal Pedersoli bestellt hatte. Der Sicherheitsbeamte hatte kurz im Computer nachgesehen und beide freundlich begrüßt. Schließlich waren sie ja extra aus den USA angereist, um die Echtheit zweier Bücher zu bestätigen, welche die Kirche aus einer Privatsammlung erhalten hatte. Der Beamte, der sich als Jozef vorstellte, führte die beiden zur Privatbibliothek des Heiligen Vaters. Die lag gegenüber vom Arbeitszimmer des selbigen.

Jozef legte die Bücher vor ihnen ab und bat sie, ihn zu rufen, sollten sie etwas brauchen. Ein paar Minuten später, als die Luft rein war, verließen sie den Raum wieder, um frische Luft zu schnappen, wie sie den beiden Gardisten, die vor dem Arbeitszimmer Wache hielten, erzählten. Sie gingen in den Innenhof und trafen sämtliche Vorbereitungen, wie Jesco es ihnen aufgetragen hatte. Es war faszinierend, alles war genauso, wie Carlo es beschrieben hatte. Nach kurzer Zeit waren sie fertig, ohne gesehen worden zu sein.

Nun saßen sie da und warteten auf ihr Zeichen. Auf einmal sahen sich beide wie vom Blitz getroffen an.

„Es ist so weit…", brachte Adessa gerade so hervor.

Sie hörten die Sirenen eines Krankenwagens, welcher ihrem Gehör nach, wie geplant, vor der Sixtinischen Kapelle hielt.

„Ignatz, ich hoffe, du weißt, was du tust", sagte Delores nachdenklich.

Die beiden Nonnen standen auf und gingen zurück zur Bibliothek. Sie betraten diese, ließen aber die große, alte Türe einen Spalt offen. Adessa war merklich nervös, Delores sah wie ihre Hände zitterten.

„Ganz ruhig, mein Kind. Du schaffst das. Denk einfach daran, dass es bald vorbei ist."

„Wird es das sein? Wird es das jemals sein?", gab sie etwas gelassener zurück.

Schwester Mary Clarance gab keine Antwort…, weil sie keine wusste. Beide zupften ihren Habit zurecht und zogen ihre Pistole.

Nun standen sie mit der Waffe im Anschlag da und warteten abermals auf ihr Zeichen.

Life after death

Vatikanstadt, VAT… Dienstag

Er öffnete seine Augen und es war stockdunkel. Sein Kopf pochte, der Schmerz raubte ihm alle Sinne.

„Wer bin ich? Wo bin ich? Warum kann ich nicht atmen?"

Plötzlich fiel Ignatz alles wieder ein. Er war tot gewesen. Nun lebte er wieder.

Kurz bevor Jesco, Colin und er die Sixtinische Kapelle erreicht hatten, spritzte er sich ein, eigens entwickeltes Mittel, welches seinen Tod vortäuschen sollte. Das hatte offensichtlich geklappt.

Er spürte und hörte, dass er auf Pflastersteinen gerollt wurde, da es ihn relativ heftig durchschüttelte. Er hörte zwei dumpfe Stimmen, wahrscheinlich Mitarbeiter vom Bestattungsunternehmen. Er spürte, wie er ohnmächtig zu werden drohte.

„Ich brauche Luft! Einfach dumm, dass Leichensäcke offensichtlich nicht Atmungsaktiv sind." Er musste grinsen und war gleichzeitig erschrocken, dass er in einer solchen Situation auch noch Galgenhumor bewies.

„Oh Mann, Carlo, wo bist du?"

Plötzlich bewegte sich nichts mehr. Ignatz hörte quietschende Reifen, einen kurzen Schrei, danach zwei Mal ein dumpfes Geräusch, als ob etwas auf dem Boden aufschlagen würde. Kurz darauf das ohrenbetäubende Geräusch eines hastig aufgezogenen Reißverschlusses. Er musste seine Augen zukneifen, um sich vor dem grellen Licht zu schützen, welches sein Gesicht traf.

„Mein Freund, du hast dich ja vollgekotzt als du gestorben bist!"

Ignatz öffnete seine Augen. Als diese sich an das Licht gewöhnt hatten, sah er Carlo, der eine angewiderte Grimasse zog und mit dem Zeigefinger auf seine besudelte Brust zeigte.

„Ich freue mich auch, dich zu sehen, Carlo. Nur zur Info: Ziemlich wahrscheinlich werde ich dir gleich auch noch ein-, zweimal in dein Auto kotzen. Ich glaube, ich habe mir etwas zu viel gespritzt."

Carlo half ihm hoch. Ignatz stolperte, auf Pedersoli gestützt, in Richtung Fluchtwagen, welcher quer vor dem Leichenwagen stand. Als er saß, hastete sein Gefährte um den Wagen, stieg ein und fuhr los. In nicht einmal zehn Minuten müssten die anderen am Treffpunkt sein.

Let's go get him

Vatikanstadt, VAT… Dienstag

Jesco holte seine kleine LED-Lenser unter der Kutte hervor und leuchtete den Gang aus.

„Nobel geht die Welt zugrunde!", lautete Colins erste Reaktion.

Selbst einen Geheimgang, welchen vermutlich in den letzten paar hundert Jahren fast niemand benutzt hatte, vermochte die katholische Kirche zu einem, an Dekadenz kaum zu überbietenden Etwas zu machen. Der Boden war mit Schiffsparkett belegt. Die Wände waren mit Stofftapete verkleidet und zudem mit Porträts aller bisherigen Päpste geschmückt. An den Rahmen selbiger waren messing-farbene Plaketten mit den jeweiligen Herrschaftsjahren angebracht.

„Wer kann, der kann… aber nicht mehr lange", gab Jesco zurück.

Colin hatte sich immer noch nicht an den Gedanken gewöhnt, dass sie tatsächlich versuchten, die altehrwürdige katholische Kirche zu stürzen.

Nach Carlos´ Beschreibung sollte der Gang etwa 200 Meter lang sein. Jacobs sah auf die Uhr und sagte:

„Noch zwei Minuten. Ich hoffe die Mädels sind an ihrem Platz. Bereit, Colin?"

„Besser wird es nicht!", gab dieser nervös zurück und beide machten sich zügig, mit vorgehaltener Waffe, jedoch leise auf den Weg zur anderen Seite des Gangs. Am Ende desselben angekommen, beleuchtete Jesco die Marienstatue, welche nun vor ihnen stand.

„Die ziehen das hier aber echt durch", meinte Jacobs.

„Diesmal melde ich mich freiwillig!", sprudelte es aus Leitch heraus.

„Du bist krank… aber bitte", antwortete Jesco mit stoischer Gelassenheit.

Colin steckte seine Pistole weg, streckte beide Hände langsam aus und umschloss sanft die Brüste der Statue. Mit einem leisen Knacken klappte die Wand neben Maria nach vorn. Beide stürmten hinaus und führten ihre Waffen zielend im Raum umher. Nichts. Gegenüber von ihnen brannte der offene Kamin, ansonsten war es dunkel im Zimmer.

„Und jetzt?", flüsterte Colin.

Jesco zeigte mit seiner Waffe in Richtung der angelehnten Tür auf der anderen Seite des Raums. Durch den Spalt trat Licht. Sie schlichen durch das prunkvolle Zimmer und versuchten dem alten, aber wunderschönen Parkett keine Geräusche zu entlocken. An der Tür angekommen, spitzten sie durch den Spalt.

Da war er. Papst Pius XIII. saß, auf einem Stuhl mit fein gearbeiteten Schnitzereien, vor dem Beistelltisch seines Schlafzimmers und sah mit leuchtenden Augen auf seinen Tablet. Colin meinte, von irgendwo her leises Stöhnen zu vernehmen. Der Heilige Vater hatte Flip Flops an, trug ein Feinrippunterhemd, das auch schon bessere Tage gesehen hatte, sowie eine graue Jogginghose. Jesco und Colins Blicke trafen sich kurz und sie schüttelten ungläubig den Kopf. Mit dem Lauf seiner Pistole schob Jacobs vorsichtig die Tür auf. Als beide im Begriff waren, das Zimmer zu betreten, blickte der Pontifex auf. Jesco drückte ab.

„Wache!", rief Pius erschrocken. Er hatte sich seinen Tablet vor den Kopf gehalten, von welchem Jescos Geschoss abgeprallt war. Collin drückte seinerseits reflexartig, mit geschlossenen Augen ab und traf sein Ziel in den Großzeh. Jacobs drehte sich und hielt auf das Eingangsportal des Arbeitszimmers. Die große Mahagoni-Tür schwang auf.

Delores betrat den Raum. Schwester Mary Clarance pustete in Wild-West-Manier in den Lauf ihrer Betäubungspistole, als sie wie in Zeitlupe über die beiden reglosen Körper der Gardisten stieg. Adessa stand kreidebleich hinter ihr.

Jesco und Colin schnappten Pius an den Armen, hoben ihn hoch und nahmen ihn zwischen sich.

„Delores, geh du vor! Adessa, bleib‘ dicht hinter uns. Schießt auf alles, was sich bewegt", befahl Jacobs und vier machten sich auf.

Delores ging, wachsam wie ein Luchs, voraus. Die Waffe im Anschlag, den gleichen Weg wie vor ein paar Minuten. Sie gingen die Flure entlang, um zwei Ecken, anschließend die Treppen hinab zur Hoftür. Plötzlich hörten sie hinter sich:

„Scheiße, wir sind zu spät! Sie können nicht weit sein!"

Dolores riss die Tür auf und sie traten nach draußen. Adessa verließ gerade den Apostolischen Palast, als kurz hinter ihr ein Projektil in den Türstock einschlug. Sie konnte ein kurzes Kreischen nicht unterdrücken, fing sich aber sofort wieder und sprintete weiter in Richtung des Gullideckels in der Mitte des Platzes. Sie überholte Jesco, Colin und den Papst, um Mary Clarance beim Öffnen des Deckels zu helfen. Jesco ließ von der Geisel ab, als auch sie angekommen waren. Während auch Colin losließ und der Heilige Vater hart auf dem aufwändig gepflasterten Boden aufschlug, ließ Jesco ein paar gezielte Schüsse in Richtung des Eingangs ab. Der Gardist, welcher gerade heraussprintete, wurde getroffen und fiel sofort bewusstlos zu Boden. Parker und die anderen verschanzten sich hinter der Tür und eröffneten das Feuer. Delores war bereits in der Kanalisation verschwunden, während Adessa und Colin den bewusstlosen Pontifex in das Loch schoben. Sie ließen ihn einfach fallen. Jacobs heulte kurz auf, als ihn ein

Schuss am rechten Arm streifte, folgte aber augenblicklich seinen Mitstreitern in die Dunkelheit, als diese auch unten waren. Mit einem beherzten Ruck zog er den Deckel über sich zu. Er konnte die Verfolger bereits hören, als Mary Clarance ihm das Ende des Akkuschweißgeräts reichte. Mit vier kurzen Stößen punktierte er den Deckel am Rahmen fest und stieg merklich ruhiger von der Leiter herab. Ihre Geisel lag friedlich schlummernd auf der Luftmatratze, welche die Damen ebenfalls deponiert hatten.

„Das hätten wir, war doch ganz einfach! Hat jemand ein Pflaster für mich?", meinte Jesco, während alle anderen keuchend an der Wand lehnten.

„Los, in drei Minuten müssen wir bei Carlo sein!", mahnte Leitch.

Sie machten sich auf in Richtung Petersplatz, wo Carlo und Ignatz bereits warteten, während sie hinter sich noch Peter Parkers Flüche vernahmen.

The interview

Vatikanstadt, VAT… Dienstag

Papst Pius XIII. öffnete seine Augen und sah nichts. Sein Schädel dröhnte und ihm war schwindelig. Er kniff seine Augen zusammen und versuchte krampfhaft, irgendetwas in der Dunkelheit auszumachen. Das gelang ihm nicht… absolute Finsternis. Als er versuchte aufzustehen spürte er, dass seine Hände und Füße an den Stuhl, auf dem er saß, gefesselt waren.

„Hallo?!" Die Stimme des Pontifex klang angsterfüllt.

„Schön, dass Sie wach sind, eure Heiligkeit", antwortete eine Stimme aus dem Nichts.

„Jacobs, Sie Arschloch! Ich weiß nicht, wie Sie an mich herangekommen sind, aber lassen Sie mich auf der Stelle frei!" Er versuchte wütend zu klingen, jedoch war die Angst in seiner Stimme deutlich zu hören.

„Das war nicht sehr freundlich. Aber ich hatte auch keine große Freude erwartet. Was macht der Kopf?"

„Das geht Sie einen Scheiß an! Was wollen Sie eigentlich?", antwortete Pius.

„Schön, dass Sie gleich zur Sache kommen. Ich möchte Ihnen einen Deal vorschlagen", sagte Jesco.

„Wie soll der aussehen?"

„Sie sorgen dafür, dass die Katholische Kirche sämtliche Machenschaften der letzten Jahrhunderte öffentlich macht. Einfach alles. Von den Morden während der Missionarszeit, über die Infiltration der weltlichen Regierungen und Unternehmen, als ihr gemerkt habt, dass euer kleiner Verein den Bach hintergeht.

Ich weiß auch, dass ihr es wart, die in der Vergangenheit immer wieder irgendwelche Leute an die Macht gepuscht habt, um Kriege anzuzetteln, welche die Weiterentwicklung der Menschheit ausbremsen sollten. Das sollten die Menschen auch langsam einmal erfahren.

Zudem erwarte ich, dass Sie die Identität aller ihrer Leute öffentlich machen und diese entsprechend abziehen. Zu guter Letzt verlange ich, dass die Kirche alle ihre Reichtümer, welche unrechtmäßig angehäuft wurden, an gemeinnützige Organisationen spendet und sich dann auflöst. Zur Belohnung dürfen Sie weiterleben." Jesco grinste in sich hinein und wartete auf eine Reaktion.

Adessa, welche neben Jacobs saß, sah das vollkommen ungläubige Gesicht des Papstes, der offensichtlich nicht wusste, was er auf so eine Forderung sagen sollte.

„Und?", baute Jesco Druck auf.

„Signore Jacobs", Pius hatte sich offensichtlich nach einer kurzen Pause gefasst, „Ich weiß nicht, was Sie überhaupt wollen. Offensichtlich war bei Ihren Eltern, welche Feuerstein für Sie ausgesucht hat, kein besonders intelligenter Mensch dabei.

Glauben Sie wirklich, dass wir alles das, was Sie eben so vortrefflich resümiert haben, geschafft hätten, ja die ganze westliche Welt beherrschen würden, wenn es nur einer kleinen Entführung bedürfte, um uns einzuschüchtern?

Ich werde Ihnen sagen, was passieren wird: Entweder Sie töten mich gleich oder lassen mich frei. Es ändert aber nichts. Wir werden Sie und ihre Freunde jagen, bis wir sie haben, genauso wie wir das immer tun. Und währenddessen werden wir weiter herrschen und das noch viele Jahrhunderte. Das müssen wir auch, weil die Menschen viel zu dumm und einfältig sind, um selbstständig leben zu können! Und jetzt lassen Sie mich frei Sie Wahnsinniger!"

Der Papst schrie auf und presste seine Augenlieder zusammen, denn das Licht war plötzlich angegangen. Nach einigen Momenten des Schmerzes öffnete er seine Augen zaghaft und sah sich um. Er saß neben einem Bett, an den Wänden waren Kunstdrucke verschiedener Werke da Vincis. Die beiden Fenster im Raum waren komplett mit Brettern verschlagen worden. Keinen halben Meter vor ihm stand ein Stativ mit einer Kamera und ihm wurde plötzlich heiß.

Etwa zehn Minuten später öffnete sich die Tür von Zimmer 282 des Residenza Paola VI Hotels und Parker kam sichtlich geknickt herein. Während er Papst Pius XIII von seinen Fesseln befreite, sagte er:

„Wir haben ein Problem, kommen Sie mit!"

Pius rieb sich die Handgelenke, als er Parker in das Nachbarzimmer folgte. Als er in selbigem stand, gefror ihm das Blut in den Adern. Auf dem Schreibtisch stand allerlei technische Ausrüstung. Mittig stand ein aufgeklappter Laptop. Als er den Bildschirm näher betrachtete, sah er, dass sein Interview, welches er gerade gegeben hatte, bereits mehr als drei Millionen Views bei YouTube hatte.

Jacobs hatte live in die ganze Welt übertragen und durch das gekippte Fenster konnte er bereits die unverkennbare Geräuschkulisse einer Großdemonstration vernehmen.

It ain't over till it's over

Lhasa, CHN… Mittwoch

Sein schwarzes Samsung Edge klingelte. Der Raum war in Terrakottafarben gehalten und in leichte Weihrauchschwaden gehüllt. Er wurde aus seiner Trance gerissen und griff nach dem Telefon.

„Ja?"

„Oh Herr! Haben Sie die Nachrichten aus Rom vernommen?"

„Natürlich. Die Welt redet ja von nichts anderem mehr!"

„Wie wollen Sie sich verhalten? Sollen wir sie fallen lassen?"

„Nein, sie sind für das Gesamtgefüge zu wichtig. Wir lassen erst einmal Gras über die Sache wachsen. Imam, bitte sorgen Sie dafür, dass während dieser Zeit keinerlei religiös motivierten Anschläge verübt werden. Auch der IS soll in den nächsten Monaten seine Aktivitäten zurückfahren. Das Thema Religion muss in absehbarer Zeit aus den Nachrichten verschwinden. Währenddessen werden wir versuchen, den Vatikan zu rehabilitieren."

„Sehr wohl, oh Herr. Erlauben Sie mir die Frage, wie wir das anstellen sollen? Die Live-Schaltung auf YouTube war leider sehr eindeutig."

„Der Vatikan wird alles Gesagte völlig schockiert von der Hand weisen und Pius wird Selbstmord begehen. Anschließend wird eine Obduktion seiner Leiche veranlasst, bei der große Mengen Drogen im Blut gefunden werden. Das wird zwar das Ansehen der Katholischen Kirche kurzfristig weiter verschlechtern, jedoch wird es für die Bevölkerung eine logische Erklärung seiner Aussagen sein. Zu guter Letzt werden wir einen neuen Papst einsetzen. Wichtig ist nur, dass diese Person extrem sympathisch ist und die Bevölkerung mittelfristig wieder auf unsere Seite zieht. Vielleicht sollte es ja diesmal eine lesbische, schwarze Veganerin sein", meinte der Samsungbesitzer mit sarkastischem Unterton.

„Sie sind sehr weise. Ich bin mir sicher, dass Ihr Plan funktioniert. Wie wollen wir mit Jacobs verfahren?"

„Er und seine Freunde müssen verschwinden. Ich gehe davon aus, dass sie als Nächstes versuchen werden, die anderen Kinder zu finden. Dies darf unter keinen Umständen gelingen. Jesco Jacobs allein ist bereits Gefahr genug, wie wir jetzt wissen. Informieren Sie alle wissenden Brahmane, Rabbiner, Himmelsmeister sowie Ihre Leute über die Situation. Wir müssen Jacobs und seine Mitstreiter aufspüren und ausschalten. Aber machen Sie sich nicht zu viele Sorgen. Wir beherrschen diese Welt seit mehr als zweitausend Jahren und Jacobs ist nicht der erste Querulant, welchen wir aus dem Weg räumen müssen."

„Sehr wohl, ich werde alle anderen Führer informieren und Meldung machen, sobald Jacobs gefunden wird. Einen schönen Abend, Oh Herr!"

„Dasselbe wünsche ich Ihnen auch." Der Dalai Lama legte sein Handy auf den Tisch und blickte nachdenklich aus dem Fenster auf das atemberaubende Bergpanorama Tibets, welches gerade der einbrechenden Nacht wich.

For Charly

Snow Hill, JAM… Freitag

Jesco und Adessa saßen auf der Terrasse der Berghütte, welche Carlo besorgt hatte, mitten im Urwald Jamaikas.

Sie waren inzwischen den zweiten Tag hier und alle waren froh, dass sie den ehemaligen Kurienkardinal des Vatikans hatten. Er hatte vor der Entführung des Papstes ihre Flucht komplett durchorganisiert.

Als sie das Hotelzimmer, welches als „Verhörraum" gedient hatte, verließen, stand in dem kleinen Fiat-Bus, welcher als Fluchtwagen auserkoren worden war, alles bereit. Ein Koffer mit Kleidung und den üblichen Utensilien für jeden, gefälschte Reisepässe für alle, Flugtickets nach Kingston über Frankfurt in der Business Class sowie der deutlich besser aussehende John Collins, welchen Eros gebracht hatte.

Nach ihrer Ankunft in Jamaica holten sie noch wie selbstverständlich eine Million Euro von der Bank. Da Carlo zu der Zeit nicht unter Verdacht stand, hatte er uneingeschränkten Zugriff auf die Reisekasse des Vatikans.

Alle anderen waren verteilt in der Hütte. Colin und John saßen, mit einem Whisky Sour in der Hand, vor dem alten Plattenspieler im Wohnzimmer und hörten eine alte John Lee-Hooker Platte. Dolores, Ignatz und Carlo verweilten gemütlich, bei einem Glas Wein, im Esszimmer zusammen und redeten über alte Zeiten.

Adessa und Jesco genossen ein Red Stripe und starrten gedankenverloren auf das Meer unter ihnen, lauschten dem Zirpen der Grillen und dem Rascheln der Palmenblätter, während die Sonne unterging.

„Ist dir klar, wie viele Leben wir zerstören, ja, vielleicht schon zerstört haben?", begann sie melancholisch.

„Wie meinst du das?"

„Klar hat die Kirche seit Anbeginn der Zeit unfassbares Leid über die Menschheit gebracht und die Welt manipuliert. Aber überlege mal, für wie viele Millionen Menschen eben diese Kirche der Lebensmittelpunkt ist. Egal ob böse oder nicht, für alle diese Menschen, jung oder alt, ist diese Gemeinschaft der Sinn des Lebens. Und augerechnet den nehmen wir ihnen nun."

„Adessa, du hast Recht, aber ich glaube, dass für alle der Nutzen den Schaden, bei weitem, überwiegt", antwortete Jesco nüchtern und drückte sie dabei fest an sich.

Nach ein paar Sekunden Stille sah Adessa Jesco plötzlich, mit Tränen in ihren blauen Augen, an und fragte aufgelöst: „An wen sollen die Menschen glauben, wenn ihr Glaube nicht mehr existiert!?"

Jesco sah ihr tief in die Augen und gab zurück: „Vielleicht einfach aneinander!"

Er strich ihr über die Wange und küsste Adessa innig, während die Sonne hinter dem Horizont verschwand und sich freute, dass es endlich vorbei war.

Zeitfracht Medien GmbH
Ferdinand-Jühlke-Straße 7
99095 Erfurt, Deutschland
produktsicherheit@kolibri360.de